転生貴族の異世界冒険録

～自重を知らない神々の使徒～

Wonderful adventure in Another world!
"God...That's going too far!!" he said...

2

Written by 夜《YA》州《SHU》

Illustration 藻

CHARACTER
キャラクター

カイン

グラシア辺境伯家の三男として生を受けた転生者。神々の加護により破格のステータスを授けられる。夢は冒険者になって世界を巡ること。

テレス

エスフォート王国の第三王女。オークの群れに襲撃を受けている所をカインに救われる。自身の危機を救ったカインに一目惚れし婚約者となる。

シルク

テレスティアと一緒にカインに助けられた公爵令嬢。テレスティア同様に好意を寄せるカインの婚約者となる。父はエリック公爵。

ティファーナ

エスフォート王国近衛騎士団長。カインに模擬戦で敗れ、その強さに惚れて婚約者となる。エルフ族が住むリーベルト領の公爵令嬢。

パルマ

カインがお披露目会で出会った獣人。サラカーン商会のサビノスの娘。

ミリィ

ガルムがカインのために雇った剣を教える家庭教師。Dランク冒険者。

ニーナ

ミリィとともに雇われた魔法を教えるエルフの家庭教師。Dランク冒険者。

レイネ

カインの姉であり、自由奔放な性格の持ち主。カイン大好きっ子。

ガルム

グラシア領を治める辺境伯。自重知らずの息子に苦労が絶えない。

レックス

エスフォート王国の国王。カインが起こす騒動に頭を痛めている。

OUTLINE

あらすじ

転生貴族の異世界冒険録

通り魔から幼馴染の妹をかばって死んでしまった椎名和也は、カイン・フォン・シルフォードという貴族の三男として剣と魔法の世界に転生した。

五歳の誕生日に受けた洗礼により、自重を知らない神々から圧倒的なステータスを与えられたカインは、自身の力を隠そうと決意するが、神々同様自重を知らないカインにはなかなか上手くいかない。

そんな中、十歳を迎えたカインは、国王への謁見が行われるお披露目会へと向かう道中、オークの群れに襲われている王女一行を救うと、その功績が認められ十歳にして男爵となった。更には助けた王女テレスと公爵令嬢のシルク、近衛騎士団長ティファーナが婚約者になるなど、最早〝平穏〟とはほど遠い日々の中、遂には国王レックスを始め、国の重鎮たちにその驚異的なステータスもバレてしまう。

そして冒険者登録が可能になる十二歳を迎えたカインは、早速冒険者ギルドへと向かうのだった……。

Wonderful adventure in Another world! “God…That’s going too far!!” he said…

CONTENTS
目次

GRUNEWDE
グルニュード

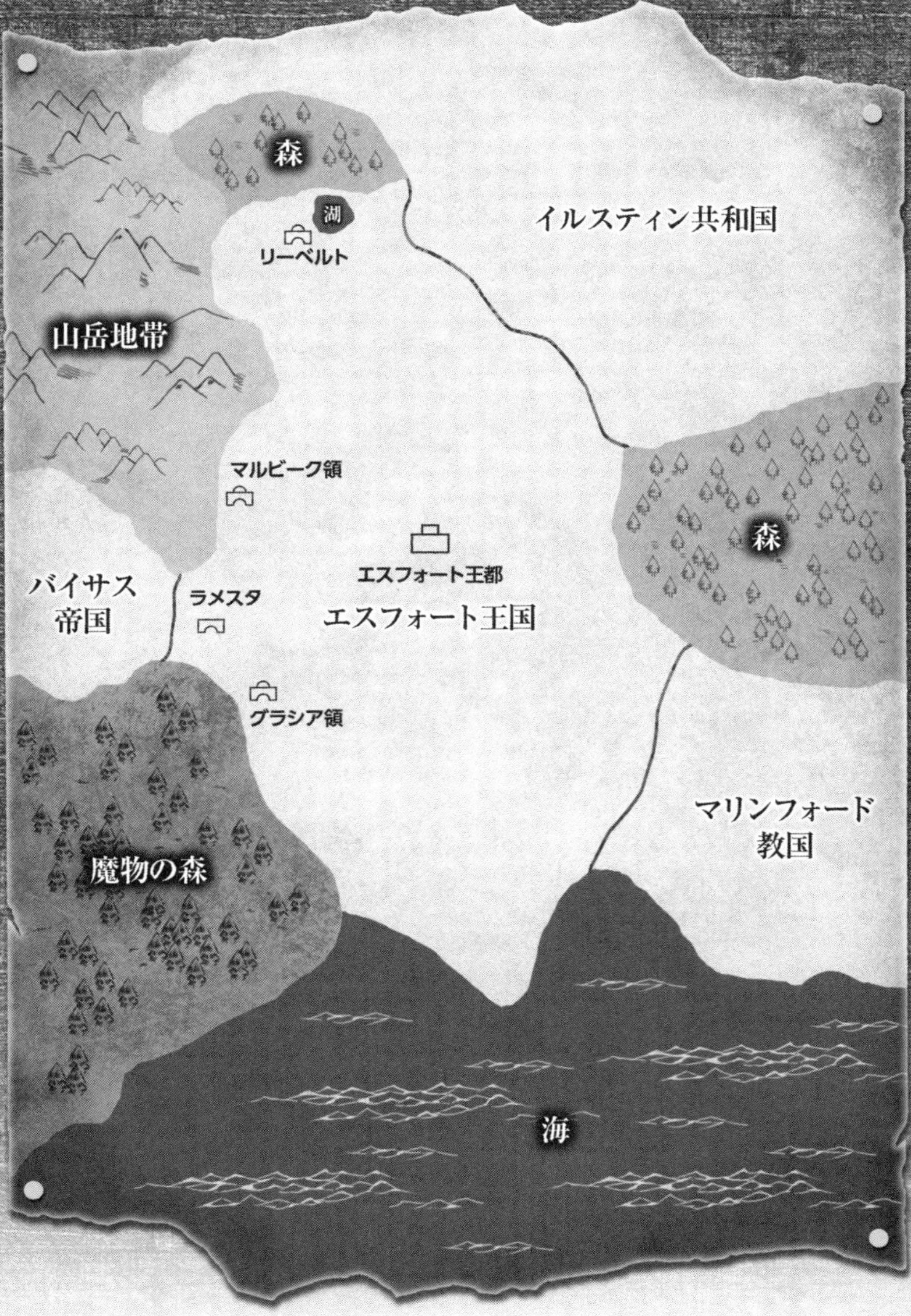

1 冒険者登録

陽光がカーテンの隙間から透明な窓ガラスを通して部屋に差し込む。

その眩しさで少年は意識を覚醒させゆっくりと瞼を開いていく。

銀色に蒼色のメッシュが入った髪が陽光に反射し綺麗に輝いていた。

目を覚ました少年の名前はカイン・フォン・シルフォード、年は十二歳となる。

いや、今日十二歳になったというのが正しい表現だろう。

身長は百五十センチ程度まで伸び、綺麗に揃えられた銀髪は母親のサラに似てなかなかの美少年になっていた。

ベッドから身体を起こし、すでに用意されている服に袖を通していく。カインの顔は何かを期待するような笑顔だった。

「――やっと冒険者登録ができる」

カインが待ちに待った冒険者に登録できる年齢になったのだ。

この世界では誕生日を祝う習慣は五歳、十歳、そして成人と認められる十五歳のみとなっている。

「さっそく冒険者登録するんですね？」

カインが起きたことを察し、早々に部屋にきたシルビアから声がかかる。

カインが産まれて間もない時から専属のメイドとして働きはじめ、すでに十年の月日が経ち、シルビアも二十歳を超え、メイド長として立派に職務を果たしていた。

「うん。そうだねっ！　楽しみにしてたんだ」

ダイニングに移動し、早く冒険者ギルドに行きたい衝動から、朝食を食べるペースも速まっていく。

「カイン様、そんなに急いで食べたら喉に詰まりますよ」

シルビアは横についてカップに水を注いでいく。そのカップを受け取ると一気に口へと流し込んだ。

「シルビア、ありがとう」

その姿にシルビアは笑みを浮かべる。

食事を済ませ、着替えるために部屋に戻ると、用意されていたのは貴族服ではなく、革鎧と剣だった。カインは装備を整え最後にブーツを履いた。

「気を付けてくださいね。誰にも負けるとは思いませんけど……」

シルビアは家の地下の魔法で創った訓練場で練習しているところを良く眺めていたので、カインの強さを誰よりも知っていた。目を離すと自重ない行動をするカインを監視するつもりであったが、初めて見た時は、その動きに腰を抜かしたほど驚いてしまった。

「頑張ってくるよ！」

カインはシルビアに手を振り、敷地の門を潜って街中へと向かう。貴族街から一般街へと抜けて外壁付近まで三十分ほどの距離を歩いた。

冒険者ギルドがあるのは基本的に外壁近くとなっている。

倒した魔物の素材を王都の奥まで運ばれても困るので、どこの街でも外壁付近に設置されているのだ。

街中を歩いていると、店や屋台が並んでおり、賑やかな通りを人が行き交っている。

途中で串焼きを一本買って食べながら冒険者ギルドへと歩いていった。

冒険者ギルドは盾に剣をクロスさせた看板が目印となっており、どこの街でも共通になっている。

街壁の門から街中へまっすぐと繋がるメイン通りに冒険者ギルドはあるので、カインは早々に看板を見つけ建物を見上げた。

さすが王都のギルドであり、その外観は三階建てでグラシア領よりも大きな建物だった。

扉を開けて中に入ると、基本的な造りは同じであったが規模が違う。受付が正面に十ほど並んでおり、グラシア領より多く、依頼のボードには数多くの依頼表が貼り付けられていた。そして左側の酒場からも賑やかな声が響いてくる。

数十人が分かれて受付に並んでおり、比較的空いている受付の列に並び順番を待つ。やはり並んでいる冒険者達は大人が多く、身体もしっかりとしており、身に着けている防具も年季を感じさせた。

「お、坊主は冒険者登録に来たのかい？　頑張れよ」

前に並んでいる赤髪の剣士らしき人が振り向き、カインの身綺麗な新品の革鎧を頭から足元まで見比べてから頬を緩めて声を掛ける。

「はい！　十二歳になったので、やっと冒険者登録できるようになりました」

カインは赤髪の冒険者に笑顔で答えた。カインの答えにその冒険者は笑みを浮かべる。

「そうかそうか、だからって命は一つしかないんだから無理はしないようにな。まだ若いんだからじっくりと鍛えていけよ」

カインの頭を軽く撫でたあとに、すぐに順番がきてしまいカウンターへと向かっていった。

「どこかで見たことあるような感じだなぁ」

赤髪の剣士の後ろ姿を眺めて、記憶のどこかで似た人を見た気がしたが、カインも順番が来たこともあり、そのまま忘れ去ってカウンターへと向かう。

受付の前に行くと、二十歳位の綺麗な人族の女性が座っていた。王都の冒険者ギルドの受付嬢は種族問わず綺麗処が多いことで有名であった。

「初めましてですね、冒険者ギルド王都本部です。今日はどのようなご要件で？」

受付嬢は笑顔で丁寧に対応をする。

「はい！　十二歳になったので冒険者登録にきました」

カインは笑みを浮かべて答えると、受付嬢は少し頬を緩ませ、書類を一枚取り出しカウンターの上に置いた。

「では、この用紙に必要事項を記入してください。代筆はいりますか」

「文字は書けるので大丈夫です。ありがとうございます」

受付嬢の言葉にそう返し、記入用紙を受け取った。

まだ十二歳になったばかりの子供に対してもきちんとした対応をしてくれる受付嬢に、カインは感心しながらも、受け取った用紙に目を通していく。

名前を記入する際に、貴族の名前を名乗っても仕方ないと思い、名前のところにカインとだけ書き、特技は剣技と魔法と書きこんでいく。年齢はもちろん十二歳だ。最低限しか記入する必要はなく、すぐに終わって受付嬢に手渡す。

「出来ました。お願いします」

受け取った記入用紙に受付嬢が目を通していき、頷いて棚に仕舞い込む。

「はい、大丈夫です。それでは血を一滴この水晶につけてもらえますか。そうすることによって魔力がカードに登録されますので」

カインは言われた通りに、渡された針で指先を刺し、血を水晶につける。水晶が一瞬光ったあと、その下の装置からカードが一枚出てきた。カウンターの上に置かれたカードは、鉄っぽい色をした物だった。

「これがギルドカードになります。魔力を込めると名前とランクが浮き上がります。ランクが上がることによってカードの素材も変わってきますから頑張ってくださいね。最初はGランクからのスタートとなります。それでは冒険者についての説明は必要ですか？」

「はい！　お願いします」

グラシア領にいた時にミリィとニーナの二人から少し聞いたが、詳細は聞いていないので改めて聞くことにした。二人は元気にしているかな、と考えながらも受付嬢の言葉に耳を傾ける。

「冒険者にはランクがあり、GランクからスタートになりますS。そこから最上位はSSSランクまでになります。SSSに関しては、過去を通して一人しかおりません。三百年前にこの国の初代国王であるユウヤ国王がなっただけとなります。カードはGからFランクは鉄《アイアン》カード、EからDランクは銅《ブロンズ》カード、CからBランクは銀《シルバー》カード、Aランクは金《ゴールド》カード、Sランクからは白金《ミスリル》カードになります。初代国王のSSSランクは黒《ブラック》カードと言われています。昇格についてはギルド独自で判断しておりますので公表はしておりません。他には――」

受付嬢の話は続いていく。基本的に冒険者は自己責任となっており、法律を破ればその都市の罰則に従う。場合によっては冒険者ギルドを除名ということもある。

「依頼については、通常依頼、指名依頼、緊急依頼の三種類がありますが、一般的には通常依頼となります。ただし、依頼者の指名がある場合、ギルドで審査したあとに指名依頼として出すこともあります。緊急依頼については、過去には魔物の氾濫などがあります。他国との戦争については、ギルドは中立の立場になりますので各自の判断でお願いしています」

受付嬢から丁寧に説明されていく。

「通常依頼については、入口右手の掲示板にランク毎に貼り出されておりますので、剥がして受付までお持ちください。ただし、常時依頼と書かれているものについては、依頼を受注せずとも納品してもらえれば達成とみなします。ゴブリンの討伐などが主になっていますね。あとはソロやパーティで依頼を受けられる場合があります。パーティを組む場合はギルドにて登録してください。そうすることにより、ギルドポイントの査定がパーティー全員に加算されることになります。なお、冒険者同士の争いに関しては、基本的にギルドは関知いたしません。重大な犯罪等が関わる場合は関与いたしますが。説明は以上ですね、わからないことがありましたらいつでもお聞きください」

「お姉さん、丁寧にありがとうございます！　よくわかりました」

カインは丁寧に説明してくれた受付嬢に頭を下げてお礼を言った。

まだ受付嬢の名前も知らなかったので『お姉さん』と言ったことに、受付嬢はハッとした。

「あ、失礼しました。王都本部で受付嬢をしているレティアといいます。よろしくお願いしますねカイン様」

「『様』付けなんてそんな……まだ十二歳ですし『くん』でお願いします」

「そうですか……ではカインくん、これから頑張ってくださいね。命は大事にしてください」

受付嬢のレティアがカインに微笑んだ。

「はい！　がんばります」

カインも笑みを浮かべ元気よく答える。

お互いに目を合わせ笑顔になると、急に後ろから声が掛かる。

「おいおい、いつから年下趣味になったんだレティア？　こんなガキ相手にしてないで俺達の相手しろよ。夜までたっぷり付き合ってやっから。それにしてもほんとガキだな。ガキは大人しく家の手伝いでもしてろよ。ここに来るのはまだ早ぇよガキが」

レティアが急に嫌そうな顔に変わり、カインは後ろを振り向いた。

そこには三人組のガラの悪い冒険者がいた。そのうちの一人がカインの事をいきなり蹴り上げようとした。その蹴りを咄嗟《とっさ》に半歩横に動き躱す。

いきなりテンプレ的なことに出くわすとは思ってなかったカインは、少し驚きながらも気分が高揚する。

（やっぱりこういう人はいるんだね。さっきの赤髪の冒険者はいい人だったけど）

躱される事が想定外だったガラの悪い冒険者は、目を見開き、次第に顔を赤くしていく。

「おい、こいつ一丁前に躱しやがったぜ。生意気だなぁ、ちょっと教育が必要だよ……なっ」

その言葉を合図に、もう一人がいきなり殴りかかってくる。それも顔をずらしてかわす。ここまでやられたのだから反撃を試みようと、カインは拳を握り締める。

「おいっ、てめーら！　何やってるんだ⁉　こんな子供相手に！　そんなに相手して欲しいなら俺がやってやるぞ？」

振り向いた先には、さっき声をかけてくれた赤髪の剣士が立っていた。すでに臨戦態勢で指をゴキゴキと鳴らして、一歩一歩冒険者たちに近づいていく。

「げっ。〝氷炎《ひょうえん》〟のクロードだ」

躱された男が驚きの声を上げ、後ずさりする。

「けっ、気分が削がれたぜ、もういいや、お前らいくぞ。クソガキも覚えておけよ」

「はいっ、兄貴！」

周りを威嚇《いかく》するように、三人組がギルドから出て行った。

三人が外に出ていったことで、カインは握り締めた拳を解いた。

「クロード様、ありがとうございます」

受付嬢のレティアが席を立ちホッとした表情をし、赤髪の剣士にお礼を言った。

「クロードさん？　ありがとうございます」

カインも続けて頭を下げてお礼を言う。そんな二人に照れ臭そうにクロードは手を振る。

「気にするな。止めたのはあいつらのためだよ。坊主、相当強いだろ？　さっきの身のこなしを見ていればわかる。名前はなんていうんだ？」

さっきの動作を見ていたことに少し驚きながらもカインは答える。

「僕、カインっていいます。さっき言ってた『氷炎』って？」

「そうかそうか、俺はクロードだ。〝氷炎〟ってのはな、うちのパーティ名だ。嫁と二人で冒険者をしてるのよ。もう少ししたら嫁も来るからそれまで一杯付き合えや。あ、まだ子供だからジュースな！」

そのままクロードは機嫌が良さそうにカインの肩を抱くと、奥の酒場へと連れて行った。

飲み物を頼んだあと、クロードが話しかける。

「カイン、さっきも言ったけど、かなり鍛えてるだろ？　躱す動きに無駄がなかった。あれは相当やらねーとできない芸当だぞ」

クロードがテーブルに両肘を立て、そこに顎を載せ笑顔で突っ込みをいれる。

常識外のステータスを露呈させないように、カインは慎重に言葉を選びながら口を開く。

「小さい頃から訓練してましたし、冒険者の方に家庭教師についてもらったこともあるので」

カインの言葉に笑顔で頷きながら、ウエイトレスが持ってきた木でできたジョッキを受け取る。

「そうかそうか、カインなら大きくなったら、かなりのランクまで上がれると思うから頑張れよ」

そう言いながら、ジョッキを掲げカインのジュースが入っているジョッキにぶつけた。

「将来のSランク冒険者との出会いに乾杯！」

クロードはそう言って、ジョッキをあおり、一気に喉へと流し込んだ。

カインも出てきたフルーツジュースを口に含む。

クロードに冒険者の話を聞いてみたが、ソロでは出来る依頼が限られており、早く信頼のおけるパーティーを見つけたほうがいいなど、とても参考になることが多かった。クロードのパーティは炎を使う剣士のクロードと氷の魔術師である妻の二人組ということだった。それで〝氷炎〟と呼ばれるようになり、そのままパーティ名にしたとのことだ。しかも金《ゴールド》カードというのにはカインも驚いた。

二人で話していると、急に後ろから声が掛かった。

「いないと思ったらこんなところで何してるの‼　しかもこんな子供捕まえて‼」

クロードの後ろに立っていたのは、胸あたりまで伸びた水色の髪を後ろで結び、白いローブを着た女性だった。

「おっ、リナ。やっときたな。カイン、嫁のリナだ！　よろしくな」

アルコールが入っているので、クロードは陽気にリナのことを紹介した。

「やっときたな！　じゃないわよ。依頼見に来たのに何飲んでるのよっ！」

陽気なクロードと比べて、リナは額に青筋を立てて手を腰にあてて怒っている。後ろには怒りのオーラが見えるようだった。

そんなリナの気持ちを察してか、カインは一度立ち、頭を下げる。

「カインです。さっき冒険者登録に来た時に、絡まれたところをクロードさんに助けてもらったんです。そして今まで冒険者話を聞かせてもらってました。すみません」

カインは念を押すようにもう一度頭を下げる。カインの言葉を聞いたリナから怒りのオーラがなくなると、クロードを横目に表情が緩んでいく。

「ふーん、そんなことがあったのね。カインくんだっけ？　どっかで聞いたことあったような……」

リナは顎に手を当て首を傾げて考えている。

「まぁいっか。ほれ、クロード！　そろそろ行くわよ」

そう言って、早々に考えることをやめて、持っていた杖でクロードの頭を叩く。

「いててて。リナ勘弁してくれよ。それじゃー行くみたいだからカインまたなっ！」

持っていたジョッキの中身を飲み干して、席を立つ。

「ありがとうございました！」

カインも元気よくクロードに挨拶をした。

クロードは歩きながら後ろ姿のまま手を振り、依頼ボードへと歩いて行った。

クロードを見送ったあと、カインも依頼を見ようと思っていたことを思い出した。

「あ、僕も依頼見る予定だった」

カインも残ったジュースを一気に飲み干し、依頼ボードに駆けていった。

レティアからの説明でもあったが、今のカインが受けられる依頼はGランクと一ランク上のFランクまでとなっている。依頼ボードに貼られているこのランクの依頼は、ほとんどが街内の依頼ばかりだった。

さすがに掃除とか荷物運びなどは、遠慮しておきたいと思っていた。荷物運びならアイテムボックスを使えばすぐにできそうだが、冒険者としてはレアなスキルであり、あまり多用したくないとカインは考えている。

討伐依頼を探すと、ゴブリンとウルフの常時討伐依頼があった。

ゴブリンもウルフも一匹につき大銅貨一枚で上限なしとのことだ。

一匹倒すと日本円にして千円とは、高いのか安いのかイマイチわからないが、とりあえずこの依頼から始める事にする。

依頼表には、常時東の森の中にいると記載されており、カインはそのまま森へと向かった。

王都の門を出て、東の森へ向かう路を歩く。さすがに王都が近いだけあって行商や馬車が行き来をし、かなりの人通りがあった。

本当なら転移魔法を駆使して、一気に行きたかったが、人目があるので駆け足で進んでいく。

カインは少し人通りが少なくなってきたところで、路から外れ草むらに入っていく。そして視界内の転移を繰り返し、森の入口まで進んだ。

「ここが東の森か、どれくらい魔物がいるのかな」

探査《サーチ》を使い薄く広く前方へ魔力を流していく。

カインはレベルが上がったことにより、五キロほど先まで調べられるようになっていた。

魔力を広げていくと数キロ先に集団の反応があった。

「……見つけた。まずは集まっているところに行ってみるか」

カインは身体強化《ブースト》を使い、木々を避けながら森を走り抜けていく。

目的地に近づいて、木陰に隠れながら集団の様子を窺うと、ゴブリンが数十匹集まって集落を形成しているようだった。家と呼べるほど立派な物ではなく、草木を利用した質素な造りとなっている。

集落の中を探っていると、中にはゴブリンソルジャーなどの上位種も見えた。

ゴブリンソルジャーは普通のゴブリンとは違い、体格が一回り大きくしっかりとしている。そして冒険者から剥ぎ取った物だろうか、革鎧を着て剣を持っていた。

「少し魔法で減らすかな」

カインは木陰から真空刃《エアカッター》を唱える。

二メートルほどの真空の刃がカインの右手の上に浮かび、ゴブリンたちが密集している場所に放たれた。

直線上にいた数匹のゴブリンが、真空の刃により上半身と下半身を分断されていく。その光景に直撃しなかったゴブリンたちは叫び声をあげた。

カインは右手に剣を持ち、左手から真空弾《エアバレッド》を放ちながら木陰から集団の中へゆっくりと進んでいく。

「グギャギャギャギャ」

カインを視界に収めた近くにいたゴブリンが次々と叫び声をあげた。

奥にいた上位種も同胞の叫びに気づいたらしく、錆付いた剣を持ちカインへと襲い掛かる。

ゴブリンソルジャーに真空弾《エアバレット》を放ち顔に着弾させると、兜をかぶっていたおかげで即死とはいかなかったが、痛みで顔を押えた瞬間を狙って首を刎ねた。

そのあとも続々と群がってくるゴブリンたちを剣と魔法で殲滅していった。

「これで最後だっ」

そういって最後の一匹を始末した。

「ゴブリンは右耳だったよな、魔石と一緒に取っていくか……」

倒れているゴブリンの右耳を切り取り、吐き気を抑えながらも胸を割いて魔石を取り出していく。

「この魔石を取り出すのが一番嫌だよなぁ……」

ミリィとニーナから解体の方法などは習っていたが、やはり慣れないものだった。

しかし放置するわけにもいかず、嫌々ながらも残っているゴブリンの右耳を切り取ると、一纏めに袋に入れて、そのままアイテムボックスにしまった。

そして提出部位を切り取ったゴブリンは、一箇所に集めて土魔法で穴を開け、その中に次々と投げ込んでから埋めた。

アイテムボックスから水筒を取り出し、魔法で冷たくしてから喉に流し込んでいく。

「これでよしっと。さすがにこれで戻ったら、まだ早いよなぁ、もうちょっと探してみるか」

また探査《サーチ》を使い、森の中に魔力を広げていき次の集落を探していく。

魔物の位置を確認すると、その方向に木々を避けながら小走りで向かっていった。

向かった先にいたのは数は少なかったがグリーンリザードだった。体長は二メートルほどで二足歩行で走る全身を鱗で覆われたトカゲみたいな魔物だ。外敵には仲間を呼び、集団で襲いかかる習性があり、カインは知らなかったが単体でもDランク、集団でいるとCランクに分類されている。

「キシャァーーーー」

カインを獲物だと決め、仲間を呼ぶために鳴き声を上げていたが、剣に魔法を付与し一瞬にして近づき、首を一閃していった。しかし、先ほどの鳴き声で次々とグリーンリザードが集まってくる。

次から次へ襲い掛かってくるグリーンリザードを夢中で倒していたら、いつの間にか周りにはグリーンリザードの死骸の小山が出来上がっていた。

魔物による襲撃が終わり、三十体ほどの死体を前にカインは腕を組み悩む。

「そういえばグリーンリザードって、どこが提出部位なんだろう。依頼表がなかったから、あとで聞いてみよ」

カインは呟きながら、グリーンリザードの死体を次々とアイテムボックスに仕舞っていった。

「グラシア領の魔物の森のほうが、もっと強かった気がするなぁ。王都の近くだから仕方ないか……。今度もうちょっと強い魔物がいるところをギルドから教えてもらおうっと。あ、もういい時間だからそろそろ帰るかな」

日が傾き始めたのを確認してから、カインは転移魔法を唱える。

視界は一瞬で変わっていき、王都の門からすぐ近くの草むらの中に転移した。カインは何食わぬ顔をし街道に戻っていき、ギルドカードを見せ王都の門を潜って行った。

歩いて数分でギルドへと到着し、さっそく扉を開けて中に入る。夕方にはまだ早い時間ということもあり受付に並ぶ者は少なかった。朝、受付をしてくれたレティアがいたのでカインはそこに並んだ。

数分でカインの番になり、レティアの前に立つと、カインに気づき微笑んだ。

「カインくんお帰りなさい。依頼何か見つかったかな？」

レティアは街中か採集程度の依頼を受けているのかと思っていた。

「レティアさん、常時依頼のゴブリンを倒してきたんですが、他の魔物の提出する部位ってどこなんですか？」

カインが行った依頼が常時依頼で貼られているゴブリン討伐だと知り、レティアは少し焦った顔をする。

「カインくん⁉　ゴブリンって⁉　まさか外の森でゴブリンを討伐してきたの⁉」

レティアが驚いているのを不思議に思いながらもカインは言葉を続けた。

「ええ、あと他にも。実はグリーンリザードと遭遇したんですが、どこの部位を取ったらいいのかわからなくて……」

カインの言葉を聞きレティアが勢いよく席を立ち目を見開く。

「カインくん！　まだ登録したばかりのGランクなのに、なんでグリーンリザードと戦っているの？グリーンリザードなんて単体でもDランク、複数いればCランクになるのよ。中級の冒険者パーティがあたるような魔物なの。出会ったのが一体だけで本当によかった……。群れを呼ばれたら取り返しのつかないことになってたわよ。本当に見つからなくてよかったわね……。それにしても森の入り口にそんな魔物が出るなんて……」

ぐったりとしたレティアは、カインが無事に帰ってこれたことに安堵の息を吐く。

「……レティアさん、グリーンリザードなんですが、群れを倒してきちゃったんですよね……それで部位を聞こうかと。あとゴブリンは耳を持ってきました」

カインはそう言って、五十体分のゴブリンの耳が入った袋を魔法袋風《マジックバッグ》にした袋から取り出す振りをしてアイテムボックスから取り出すと、カウンターの上に置いた。

レティアは結ばれた袋の紐を緩め、中を覗き込む。そこには切り取られたゴブリンの耳がいっぱいに詰まっていた。

「！！！！」

レティアはあまりの数に驚きの表情をする。

「カインくん、ちょっと待っていてね」

レティアは受付からいきなり席を立ち、奥へと入っていってしまった。

カインはどうしていいかわからず受付で立ち尽くしていると、レティアはすぐに人を連れて戻ってきた。

「カインくんおまたせ。グリーンリザードのこともあるし、別室で話してもらえるかな？　この人は私の上司よ」

「ここのチーフをしてるセドリックだ。ギルドマスターは、今、来客中なので私が対応しよう。個室を用意するから、こちらへ来てもらえるかな」

少し高圧的な態度のセドリックとレティアに案内され、カインは個室の応接室へと入った。

カインが席に座り、その対面にセドリックとレティアが座る。テーブルにはゴブリンの耳が入った袋が置かれている。セドリックは袋の中を確認し、顔をしかめる。

そして、セドリックからはカインが想像していなかった言葉が発せられる。

「カインくんと言ったね。ここなら他の人は聞いていないから平気だよ。正直に言ってごらん、そのゴブリンの耳はどうしたんだい？」

セドリックの質問に、カインは質問の意図が分からず首を傾げる。

「普通にゴブリンの集落を見つけたので、全部倒してきただけですが……」

カインはレティアに話した事をもう一度話した。

話が進んでいくと、セドリックの表情は次第に歪んでいく。

「そんな……、まだ君みたいな子供がこんな数を倒せるわけがないだろう。しかもグリーンリザードまで倒したというじゃないか。Gランクの登録したばかりの冒険者ではありえない!!」

「なぜありえないと思われるのですか？　普通に倒したと言ってるじゃないですか」

「そこまで言うなら、仕方ない。正直に話せないのなら不正をしているということで君のギルドカードは剥奪しよう」

セドリックから剥奪という言葉を聞いて、さすがにレティアも驚き、口を挟んでくる。

「それはあまりにも酷いと思います。カインくんは、正直に言ってるだけかもしれないのに。まだ何も不正の証拠があるわけではないですよね」

「それはチーフとして、滅茶苦茶じゃないですか。なんの証拠もなしに不正と決めつけて」

カインも顔をしかめ同じく反論していく。

「チーフとしての決定事項だ！　平民のガキが冒険者になりたてで粋がるのは構わん！　ただし、不正に関しては許せん。素直に話せば考えてやったのに」

「そんなの横暴だっ！」

セドリックの無茶苦茶な決定に、カインから僅かだが殺気が漏れ出していく。その殺気に気づいてか、セドリックも腰を引き恐怖で震えながらも「決定は変えん」と息巻く。

その時、ノックの音がし、個室の扉が開かれた。

「なんの騒ぎだいったい。しかも殺気まで漏れ出して……」

個室に入ってきたのは、正装をしたまだ二十代に見えるエルフの男性だった。

「これはギルマス、すみません。この小僧が不正をしているので問い詰めていたところです」

セドリックがギルマスに今までの経緯を説明していく。そしていかに自分の判断が正しいかを力説していった。

ギルドマスターはため息をひとつ吐いて、カインの目の前のソファに座りカインと視線を合わせた。

「初めましてだね、私の名前はエディンという。ここのギルドマスターをしてるよ」

「初めまして、今日ギルドに登録したばかりのGランクのカインです」

エディンが笑顔で挨拶をしたことで、カインも丁寧に挨拶をした。エディンが頷くと、隣に座っているセドリックに視線を送る。

「それでセドリック、どうして不正ということになったのだ？」

エディンの視線は先ほどカインに向けられていたものと違い、厳しいものだった。

「登録初日に袋いっぱいのゴブリンの耳を持ってきて、グリーンリザードまで倒したっていうんですよ。ありえない。不正があるに決まってる!!」

セドリックの息巻いた言葉に、エディンは額に手を当てため息をついた。

「セドリック、わかっていないのは君だ。なんの証拠もないのは、こちらのほうだ。もし本当のことだったら、君はどう責任をとるつもりだい？」

エディンは冷たい表情で問いただす。

「しかも『冒険者になりたての平民のガキが、粋がって不正をするからだ』と、先ほど言われました」

カインはとぼけた顔をしながら火に油を注いでいく。

「！！！！！」

セドリックが真っ赤な顔をして、カインを睨めつける。

「それは本当のことかい？　レティア、君は聞いていただろう。正直に言いなさい」

エディンの冷たい視線がセドリックからレティアに突き刺さる。

「……はい……先ほどセドリックさんがたしかにそう言ってました」

レティアはセドリックが睨めつけているので、視線をずらしながら正直に答えた。

その言葉を聞いて、エディンはセドリックを冷めた目で見つめる。

「セドリック、冒険者が採取してきた素材に対して、直接的な証拠もなしに不正と決めつけてギルド証を剥奪しようとしたことは、ギルド規約に抵触したことになるが、どういうことかな」

「私より、こんなクソガキを選ぶんですか⁉　今日登録したばかりの新人を‼」

セドリックは激昂しながらエディンに叫ぶ。

「わかってないのは君だ、ちょっと待ってくれ。おいっ、入っておいで」

エディンの言葉にゆっくりと扉が開かれていく。

部屋に入ってきたのは近衛騎士服を着たエルフの女性だった。

そう、エルフで近衛騎士服を着た女性はエスフォート王国では一人しかいない。

入ってきた瞬間にセドリックは、目を大きく見開き膝を突いた。

「これはこれはティファァーナ騎士団長様、ようこそいらっしゃいました。いつにもましてお美しい」

セドリックはティファァーナに胡麻をするように最上級の挨拶をした。

「急にどうしたの？　待ってろって言ったり、入ってこいって言ったり……。って旦那様じゃない⁉　どうしてこんなところに？」

いつもの騎士団の凛々《りり》しい佇まいから、恋をしている女性らしい笑みを浮かべ、カインに抱きついた。

「「だ、旦那さまっ⁉」」

ティファーナの予想もしない言葉にセドリックとレティアが、目を見開いて驚いた。

ティファーナは近衛騎士団長として、この国の騎士で一番強く、そして公爵令嬢でもあるのは有名だ。その公爵令嬢が十二歳の少年を『旦那様』と呼びうれしそうに抱きついているのだ。

誰が見てもすぐに理解できるものではなかった。

「ティファーナ！　旦那様って……、婚約したの内緒なんだから言っちゃだめだよ」

カインは止めようとするが、カインより身長のあるティファーナを振りほどけない。

「「婚約！！！？？？」」

カインの言葉でセドリックとレティアはさらに驚きの声をあげた。

「あ、しまった」

驚いている二人に思わず言ってしまったカインは失敗したと顔を引きつらせる。

「やっぱり噂のカインくんだったね、いや、カイン男爵と呼んだほうがよろしいかな」

エディンの『男爵』という言葉にセドリックとレティアが固まった。

「カイン……男爵？？」

セドリックが顔を引きつらせながら呟く。その言葉にエディンが笑みを浮かべて答えた。

「なんだ？　知らなかったのか？　カイン男爵は十歳の時にテレスティア王女殿下とエリック公爵の娘のシルク嬢がオークの群れに襲われた時に、一人でオーク三十体を殲滅し、その功績で男爵に叙爵《じょしゃく》されているんだよ。しかもガルム・フォン・シルフォード辺境伯の息子さんだ」

「え、あ、ただの平民だったのでは……しかも……辺境伯さまの……」

セドリックの顔がみるみる真っ青になっていく。

「貴族として扱われるのが嫌だったので、ただのカインで登録しただけですよ。改めて名乗ります、カイン・フォン・シルフォード男爵です」

その言葉にセドリックの顔は真っ青を通りこして白くなっていた。

「そして、ティファーナと結婚したら、私の義理の弟にもなるね」

カインに満面の笑みでエディンが答える。

「えっ、えっ、えええええぇぇぇぇぇぇぇぇ！！！！！」

エディンの言葉に今度はカインの驚きの声が部屋内に響き渡った。

「そういうことだ、わかったかね？　セドリック、レティア」

エディンが伝えると、セドリックはガタガタと身体を震わせてカインに向かって土下座をした。

「……先ほどは申し訳ありませんでした。これからは気をつけますので不敬罪だけはどうにかお許しください」

頭を床に擦りつけて謝罪を始めた。

「ティファーナ、不敬罪ってなに？」

カインは聞きなれない言葉に首を傾げティファーナに質問をする。

「貴族や王族に向かって暴言を吐いた平民を処分していいって法律。貴族の嫡子《ちゃくし》や子供はその権限はないけど、カインは独立した貴族だから適応されるのよ。私も名誉子爵だから対処できるの」

ティファーナから教えてもらったが、カインは不敬罪に問うつもりなどはない。

「ふーん、そんな法律があったんだね。そんなことはしないから平気ですよ、セドリックさん。もう頭をあげてください」

カインが諭すがそれでもセドリックは土下座状態のまま頭を上げない。

「カインくんがそう言ってくれてるし、そこに座りなさい」

カインとエディンの二人から言われたことで、やっとセドリックは土下座から起き上がり、エディンに言われるがまま席に座った。ただし、表情は暗いままだ。

「カイン様、この度は本当に申し訳ありません」

セドリックは再度テーブルに手を突きながら頭を下げ謝罪した。

「もういいですよ。ただ、これから先、同じ様な事を二度としないようにしてくださいね。他の人を含めてです」

カインはセドリックに念を押して言う。カインは貴族として対処できたが、普通の冒険者でそのまま剥奪になれば路頭に迷う可能性もあったからだ。ただし、普通に考えて同じ事を出来る子供がこの世にいるとは思えないが。

「もちろんです。同じ事は繰り返しません。今後気を付けます」

「ただ、今回はそれなりの罰則は適応させてもらう。そのことは後で話そう」

カインは許したが、ギルド規約には抵触しているので、ギルド内で対応するとエディンから説明される。

「それでグリーンリザードは引き取って貰えるのですか?」

カインにとってはセドリックの罰よりも、そちらのほうが大事だった。

「グリーンリザードは尻尾の先が納品対象になります。ただ、全身鱗で覆われてますので鎧等に使えるため、丸々引き取ることが可能です」

未だ顔を青ざめさせて固まっているセドリックの代わりにレティアが答えた。

「なら、ゴブリンの耳とグリーンリザード三十体をお渡しします」

「さ、三十体もですか……、わかりました……、それで処理いたします」

グリーンリザード三十体と聞き、声をうわずらせながらレティアが答える。

「それでだ、Gランクの新人がゴブリンを五十体、リザードマンを三十体も持ってくるなんて、そのままにしておくわけにはいかないんだよね。ランクアップだけお詫びも兼ねてしておくよ。今回の事でCランクでいいかな」

エディンがランクアップの提案をする。

Cランクまで上げてくれるなら、カインとしては有り難かった。Gランクではまともな依頼がなかったのだ。

「あら、Cランクでは物足りないわよ、兄さん。旦那様には十歳の時に近衛騎士団に地竜を納入してもらったわよ。あと家にもレッドドラゴンの剥製が飾られているけど、それももっと若い頃に倒したのよね。ちなみに私と模擬戦を良くやるけど私よりも強いわよ？」

ティファーナの余計な発言にエディン、セドリック、レティアが驚きの声を上げる。

「地竜⁉　レッドドラゴン⁉　AランクにSSランクの魔物じゃないですか⁉　しかも近衛騎士団長の

ティファーナ様より強いって……もしかして……この国でいちば……ん……」

レティアが声にならない言葉で呟く。

「それならランクは考え直さないといけないね。本当ならAランクでもいいけど、Bランク以上になるためには盗賊討伐の実績が必要なんだ。人殺しが出来ないと護衛もできないからね。ちなみにSクラス以上は国に届けを出して許可が必要になるんだ。Aランクは報告だけ回せばいいんだけど……」

エディンはティファーナの言葉に腕を組み考えに耽《ふけ》る。

「んー。これからもお願いしたいこともあるし、Aランクにしちゃおうか。カイン男爵なら報告書を回しても国も文句言わないだろうし。あ、もちろん盗賊討伐はしてもらうけど」

エディンの提案にカインは驚いた。まだ冒険者登録初日の新人を、いきなり上級者といわれるAランクまで一気にあげるというのだから仕方ない。

「そこまで上げなくてもいいんですが……。盗賊の討伐は、捕まえて突き出してもいいんですか」

「それでも構わないよ。盗賊なら犯罪奴隷として鉱山送りになるはずだから、捕縛なら報奨金も増えるよ」

「わかりました。それなら問題ありません」

「これから先、ギルドからの指名依頼もやってもらいたいし、やっぱりAランクだね。王都ギルドマスターの権限でAランクの登録にしておくよ。レティア、手続きしてきて」

「わかりました」

エディンの言葉に頷き、カインから今日貰ったばかりのギルドカードを受け取ったレティアとセドリックは部屋を出て行った。セドリックは承認するのに同行する必要があるとのことだ。

部屋に残ったのはエディンとティファーナとカインの三人だけとなった。

「カインくん、こんなお転婆な妹だけどよろしく頼むね。長男は後を継いで領にいるから王都には僕と妹のティファーナだけなんだ」

エディンがカインに頭を下げる。

「お転婆って何よ。強い相手を求めただけじゃない」

ティファーナはエディンの言葉に頬を膨らませる。

「頭を上げてください。こちらこそよろしくお願いします」

カインもエディンに頭を下げる。エディンは頭を上げると笑みを浮かべた。

「それにしても、いきなりティファーナが結婚相手を見つけたと報告に来た時はびっくりしたよ。ホントに。しかも十歳の少年だって言うじゃない。最初は驚いたけどカインくんを今日初めて見て、君なら安心して預けられると確信したよ」

「そう言って貰えるとありがたいです。いきなり三人と婚約になった時は僕も驚きましたが」

「そうだよね。妹から聞いてたけど、テレスティア王女殿下とエリック公爵のところのシルク嬢だなんて、それを聞いた時はさすがに僕も驚いた。そこにこんな妹でいいのかと本当に思ったよ」

「まったく！　兄さんもそんなこと言って！」

ティファーナは相変わらず頬を膨らませている。

暫く雑談をしていると、ノックされ扉が開かれた。

「失礼します。カイン様のギルドカードが出来上がりました」

レティアがカードと依頼分の報奨金を持ってきた。さすがにセドリックは仕事もあるし、この部屋に来るのは心苦しいとあって来ることはなかった。

「これが新しいカードになります」

テーブルに置かれたのは金色《ゴールド》に輝くAランクのギルドカードだった。手に取って魔力を流すと名前とランクが浮き上がった。

「これで大丈夫だね。これからは指名依頼も出すからよろしくね」

エディンは立ち上がると、右手をカインに差し出してきた。

カインも立ち上がりその手を握り握手をした。

「こちらこそよろしくお願いします。それではそろそろ帰ります」

カインがそう言って部屋を出て行くと、なぜかティファーナもついてきた。

「私も騎士団のほうに戻るわ」

カインとティファーナが一緒に冒険者ギルドを出ると、ティファーナの馬車が待っていた。

「屋敷まで送りますわ」

「いや……歩いて帰ろうかと……」

そう言うカインにティファーナからの無言の圧力がかかる。

「……やっぱり乗っていきます」

「はいっ♪」

先ほどの表情とは違い、頬を緩めたティファーナに馬車に乗せられ貴族街へと戻っていく。

馬車で戻ったことですぐに屋敷につき、カインはティファーナを見送ったあとに屋敷へと入る。

「ただいまー。今帰ったよ」

「お帰りなさいませ。ギルド登録できましたか？」

「うん、できたよ。色々とあったけど……、あとで話すね」

先ほどまでの出来事を思い出し、苦笑いしながらも、部屋に戻り装備を脱ぐと、シルビアが用意した服に袖を通していく。

着替えたあとに執務室に入ると、コランが仕事をこなしていた。カインが席に着くと、シルビアが紅茶の用意を始める。

「カイン様、冒険者ギルドはどうでしたか」

「うん、登録できたよ。色々あっていきなりAランクになったけど……」

カインはテーブルの上に金色に輝くカードを置いた。

「カイン様ならおかしくはないですね」

シルビアは微笑みながらそう言うが、コランの顔は引きつっていた。普通はありえない事なのだが、シルビアは基本的にカインには盲目的で肯定をしてしまう。

「普通はありえないことなんですが……」

コランは苦笑いしながら、二人には聞こえないように呟いた。

「冒険者活動をするのはいいですが、もう少ししたら、学園の入学試験もありますから勉強もしましょうね。カイン様なら問題ないと思いますが……。あっ、もう少しで夕飯ですから用意してきます。それまではお寛ぎください。出来上がったらお呼びします」

そう付け加えて、シルビアは仕事へと戻っていった。


数日後、王城ではマグナ宰相が書類を確認して承認印を押していた。その中に気になる一枚を見つけると、大きく目を見開き、それを持って執務室を慌てて出ていった。向かった先は国王の執務室だ。

「陛下！　これを見てください。これを！」

「なんだ？　そんなに慌てて、マグナらしくもない」

慌てたマグナ宰相の態度を疑問に思いつつも、手に持っていた書類を受け取り目を通していく。

読むにつれ国王の顔は引きつっていき、最後まで読み終えると大きくため息をつく。

渡されたのはギルドから提出されたAランク登録の報告書だった。普段は宰相の承認で終わる書類なので、国王が目を通すことはなかったが、書いてある内容に驚き国王の元へ持ってきたのだ。

書類には説明文が書いてあり、登録初日にとある冒険者がGランクからAランクにランクアップしたことが記載されていた。ギルドマスターより実力は保証するとお墨付きも書かれている。

「――カインめ、あいつ、いきなりやりおったわい」

国王とマグナ宰相の二人は、ソファーにうなだれながらため息をつくことしか出来なかった。

2 入学試験

王立学園の入学試験当日。

王都の王立学園はエスフォート王国の国営となっており、他の領地には領営の学園がある。王都の王立学園は一番レベルが高くなっており、王都の学園を目指している人が多く、領内で優秀な子供は親が無理をしてでも王都に送り出している。

他国からも留学生がくるほど、エスフォート王国の王立学園はレベルが高かった。これは初代国王の方針で教育に力を入れていた成果であり、それは三百年経つ今も維持されている。

試験当日ということで、朝からカインよりシルビアの方が落ち着きがなくソワソワしている。

「カイン様、忘れ物はないですか？　洋服は問題ないですね、あとは――」

「シルビア落ち着いて、大丈夫だから。何か忘れたらすぐに戻ってこれるし」

質素ながら綺麗な服を着たカインが笑顔で答えた。

「それじゃ、行ってくるね！」

カインは屋敷を出て学園へと徒歩で向かった。

王立学園は貴族街と平民街の中間地点にあり、入口は北と南の二箇所に分かれている。北側は貴族街に繋がっており、南側は平民街となっているので棲み分けが出来ている。

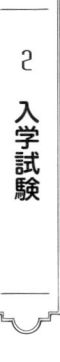

カインは冒険者ギルドによく行っていたことから、一度転移魔法で冒険者ギルドの近くに転移してから南側の入り口より学園に入って行く。

学園の入り口には衛兵が門の両側に立っており、衛兵に軽く挨拶をしながら門を潜る。

同じ年の緊張した様子の少年少女たちが歩いていく列に混ざり、試験会場へと向かった。

受付で名前を登録し、試験番号票をもらった後に指定の教室に入り自分の番号の席に座る。

カインは周りを見回すと、貴族に見える子弟はおらず、教室の全員が平民に見えた。

やはり十二歳という年齢を感じさせるように、皆、緊張しているようだった。

「テレスやシルクは違う教室か……」

話す相手もいないことから、のんびりと席に座って待つ。

入学試験に関しては、筆記試験、実技試験があり、実技試験は魔法能力測定と剣技測定の両方を受ける必要があった。人によって剣技や魔術に向き不向きがあるからだ。

基本的には筆記試験で合否は決まってしまうが、実技試験で突出した実力を持っていると筆記試験に加点され合格する場合もあるとコランから伝えられていた。

予定時間となり、試験官が問題用紙を持ち教室に入ってくる。一人が教壇に立ち話し始めた。

「これから入学試験を始める。他の人の解答を見たりしたのを見つけた場合は、その場で退場となるから気をつけるように」

他の教員がその間に試験問題と解答用紙を配っていく。

そして、開始の合図がされた。

「それではははじめ！」

机に座っている受験生が一斉に裏返しにされていた問題用紙をめくり試験に取り掛かる。

カインは問題用紙を見たが、読み書きの問題、算数の問題、歴史の問題が主となっていた。

読み書きは三歳ですでに完璧に出来ていたので問題はない。算数に至っては足し算、引き算がメインで掛け算、割り算が少し出ていた程度だった。

前世で高校生だったカインとすれば特に問題なく、歴史については貴族の子弟なら誰でもわかるような問題だった。

二時間の試験時間があったが、カインは三十分ほどですべて記入が終わり、ペンを机に置いた。まだ試験時間の半分も経っていない。周りの人は、皆、問題用紙を必死に食いつくように見ている状態だ。そんな中、一人だけのんびりとしているカインは教室の中でも目立つ存在だった。

「君、そんなにのんびりしていていいのかね？」

試験官がカインに声をかけてきた。

「――もう全部終わってますから」

カインは笑みを浮かべ答えると、試験官は眉を顰める。

「ふむ、そうか。見直しくらいしておけよ」

そう言って試験官はまた他の受験生を見回り始めた。

そして試験時間が終わりを告げた。

「そこまで！　皆、手を離して解答用紙を置くように」

筆記試験が終わったことで、皆、ほっとした顔をしている。やり切って満足した顔をした者や苦々しい顔をしている者もいる。

「それでは、これから実技試験を行うために移動してもらう。ここの教室の受験者は先に担当試験官と魔法能力測定に向かうように」

この教室の受験生は揃って試験官のあとを歩き、魔法能力測定の会場に向かった。会場は訓練場になっており、一列に的が十個ほど並んでいた。そこに受験生が十人ずつ一列に並んで魔法を打ち込むようになっていた。

女性試験官がまず皆の前に立ち説明を始める。

「それでは二八一番から二九〇番までは一列に並んで。あの的に向かって自分の持っている最高の魔法を放つように」

カインは持っていた受験票に視線を落とすと二八五番だったので一組目だった。

受験票が該当する受験者たちが並び始める。

「全力でやっていいのですか」

自分の桁違いの魔力を知っているカインは、思わず試験官に尋ねたが、その質問に試験官は「子供が何を言ってるんだ？」という表情をし、カインに説明をする。

「ここの訓練場は防御結界を張ってあるから、君がどんな規模の魔法を使っても大丈夫よ。問題ないから全力でやりなさい」

そして試験官が横にずれて手を上げる。

「それでは始め！」

最初に並んだ他九人は呪文が唱え始めた。

「我が魔力よ――『火球《ファイヤーボール》』」

各自が得意な魔法を放っていく。長々と唱えられた呪文の後に、火魔法や水魔法、風魔法などが的へ向かって飛んでいくが、どれも威力が弱く、的に当たって何事もなかったように消えていく。こんな威力しか出ないのかと思いながらカインは他の受験生の魔法威力を眺めていた。

カインは当初、試験官から全力でというので超級火魔法である『獄炎地獄《インフェルノ》』を放とうとしていた。

（あぶないあぶない、超級放たなくてよかった……）

ここで超級を放ったら大変なことになるところだったとカインはほっとした。

皆が打ち終わるのを見届けていると試験官から声がかかった。

「二八五番！　早く魔法を唱えなさい」

他の受験生のことを見ていたら注意された。そして、魔法を放ち終わった受験生の視線がカインに集中する。

カインは視線を的に移し、指先に魔力を集めた。

『火弾《ファイヤーバレット》』

魔法を唱えた瞬間に、カインの指先には青白い炎が浮かび上がった。一般的に火魔法は赤い火と認識されているが、カインは魔法神の加護レベル10を持っていることで、高温度になって青白く燃え盛っていた。

青白く燃え盛る火の弾は螺旋回転をしながら的に高速で向かっていく。

火の弾が的に当たった瞬間に、激しい衝撃音が発生し、的はそのまま何もなかったように消え去った。そしてそれでも勢いは止まらず、外壁にまで届く。


ドガガァァァァァァァァン！！！


結界で守られた外壁は一瞬で崩れ去り、庭園にあった大木を破壊したところでやっと魔法は拡散された。

目の前の外壁に五メートルほどの穴が開き、そこから見える中庭の大木がミシミシと倒れていく。

ズドドーーーーン
カインの事を見ていた受験生や教官は驚きで口を開けたまま固まっている。

「「「「「「「………………」」」」」」」

舞い上がった粉塵《ふんじん》が次第に晴れていくと、目の前には先ほどとは違った風景が見えた。

屋内であったはずの訓練場は外壁が破壊され、太陽の光が差し込んでいる。的があった場所は焼き尽くされてマグマのようにドロドロになって熱気を発していた。

「……結界があるし初級魔法なら全力で火弾放《ファイヤーバレット》っても平気だと思ったのに……」

カインはその惨状を目の当たりにし肩を落とす。

数分間の沈黙が続き、固まっていた試験官がやっと動き出し、恐る恐るカインに尋ねる。

「……こ、これ、君がやったの？　何を唱えたの？」

「え、火弾《ファイヤーバレット》を唱えましたが……」

質問に対してカインは正直に答えたが、試験官は再度破壊された外壁を見て冷や汗を流す。

「そ、そんな……初級魔法でこんな威力なんて……。ありえない……」

試験官は理解できないカインの魔法の威力に唖然としていたが、他の試験官が、外の惨状に気づき焦りはじめた。

「それより外壁の外側に人がいなかったか確認しないと！」

そう言って、周りにいた数人の試験官に声を掛け、壊れた外壁の穴を潜り外に出ていった。

一人の試験官は、自分たちでは判断できないと、上司の指示を仰ぐために走っていく。

数分もしないうちに、上司と思われる試験官が会場に到着し、現地で見ていた試験官が、惨状について説明を始めた。

試験官の説明に上司は「そんなはずは……ありえない……」と理解が追い付かない状態であった。

爆発音を聞いて続々と様子を覗きに来た他の試験官や教師全員が、この破壊された外壁の惨状を見て唖然とする。

統括している試験官の上司は我に返る。

「こ、こ、これでは試験を続けられないな。これから第二訓練場に場所を移す。みんなついてくるように。あと君はもう剣技の試験場に行ってくれ」

魔法能力測定一組目でこの会場を使えなくしてしまったことで、他全員が試験官に連れられて第二訓練場へ向かって行った。

そしてカインを含め一組目の十人は、試験官に連れられて剣技試験場へ向かった。

カインの魔法を見た受験生達は小声でカインに視線を送りながら先ほどの魔法について話し合っている。もちろん常識外のステータスを持っているカインには全てが聞こえており苦笑しながらも、聞こえない振りをしながら試験官の後をついていくのであった。


剣技試験場は第三訓練場で行われており、先に剣技試験から受けている受験生が大勢いた。

「それでは剣技試験の説明を始める。剣技試験官は冒険者ギルドから応援にきてもらっている。試験官はBランク以上の冒険者たちだから安心して全力で掛かるように。勝つ必要性はない。まぁベテランの冒険者に勝つことなどできないだろうがな……」

二十人ほどの冒険者が、順番に受験生の剣を受けている。その並んでいた冒険者の中に見覚えがある人がいた。赤髪で木製の大剣を軽々と扱いながら、他の試験官とは一味違う雰囲気を出している。

「あ……、クロードさんだ」

見知った顔を見つけて思わずカインは呟いてしまった。

その声にクロードも気づいたようで、受験生の剣を軽々と受けながら、カインに視線を送り、手を上げて挨拶してきたので、思わず頭を下げた。

「よし、そこまで」

クロードの一声で受験生が肩で息をしながら、頭を下げて受付へと向かっていく。クロードは係員に一声かけてからカインへと歩み寄ってきた。

「カインじゃねーか、そーいや十二歳だもんな。お前は俺が相手してやるよ」

カインと一緒に並んでいた受験生たちは、少しずつ下がりカインとのスペースを空ける。

「あれって、王都で有名な〝氷炎〟のクロードさんだろ？　冒険者ギルドでAランクの……」

そんな周りからの呟きが聞こえてくる。カインは先ほどの魔法の試験でさえ目立ってしまった手前、剣技では目立ちたくなかった。

「――いえ、遠慮しておきます」

いきなり断られた事にさすがのクロードも顔を引きつらせる。

「君、今日の試験官で一番ランクの高いクロードさんのこと知ってるのかい？　指名だし、君はクロードさんに見てもらうといい」

試験官が余計な事を言ったことで、カインの相手はクロードに決定した。

クロードの場所に並んでいた他の受験生は、試験官により別の冒険者たちに振り分けられ、クロードの前にカインは立たされた。

「少しは冒険者ギルドに慣れたかい？　実力を見てやるから今日は思いっきりかかってこい」

クロードは余裕の笑みを浮かべカインに話し掛ける。クロードはカインがすでにAランクであることは知らなかったが、高い実力の持ち主であろう事は見抜いていた。

「それではクロードさんよろしくお願いします」

木剣を持ち、クロードに向かって構える。

二割程度の身体強化《ブースト》を使って一気にクロードへと向かっていく。

想定外のスピードにクロードは驚きながらも、カインの剣を受け止めた。

「身体強化《ブースト》まで使えるのか。これなら楽しめそうだな。リナに無理やり受けさせられた依頼だったが良かったよ」

そういいながら、クロードは身体強化《ブースト》を使いカインの剣を振り払った。

それから二人の剣技は延々と続いた。周りの受験生では目でやっと追えるほどのスピードで砂埃をあげながら剣を打ち合う。

「カイン、お前強いな！　ここにいる試験官の冒険者よりも強いぞ」

「クロードさん、試験ですからそんな勢いでやらないでください」

クロードは戦闘狂らしく、笑顔で身体強化《ブースト》を使いながら剣を振ってくる。普通の受験生なら一撃食らえば骨折は間違いない勢いで襲い掛かる。

カインは武神の加護があることで問題なく捌いているが、いつまで経っても終わる気配がなかった。

そのまま二人で模擬戦をしていると急に声が掛かった。

「そこまでにしてください！」

模擬戦を止めたのは引率してる試験官だった。

「そんなレベルの模擬戦をやられたら、他の受験生が委縮してしまいます」

クロードとカインの二人は模擬戦をやめて、周りを見渡す。

誰一人模擬戦をやっておらず、試験官である冒険者でさえ、二人の模擬戦に息をするのを忘れるほど夢中になっていた。現役の冒険者でさえ夢中にさせる模擬戦に受験生たちは全員唖然とした表情をしている。

「あら、やりすぎちまったか……、仕方ない、カイン今度一緒に依頼受けようぜ」

クロードは剣を下げて笑顔で手を伸ばす。

「できれば遠慮したいですが、ダメですよね？　よろしくお願いします」

カインは握手をしてから、頭を軽く下げた。

「二八五番のカインくんだね。君の試験はこれで終わりだ。もう帰って構わない。あとは合格発表の日にくればいい」

「はいっ、ありがとうございます」

カインは無事に試験を全て終えて、学園を後にした。

魔法試験と剣技試験を見ていた受験生の中で大々的に噂になっていることも知らずに……。

カインがのんびりと歩きながら屋敷に戻ってくると、ホールでシルビアが待っていた。

「お帰りなさいませカイン様、試験どうでした？」

「ただいま。試験無事に終わったよ。筆記試験も実技試験も問題なくできたから合格したと思うよ」

笑顔で返事をすると、満足したようにシルビアは頷いた。

「それなら良かったです。次は合格祝いをしないといけませんね」

後日、執務室で山になった書類と格闘していたマグナ宰相は、一枚の書類を見てまた執務室から飛び出て国王の執務室へ向かった。ノックもせずに扉を勢いよく開ける。

「なんじゃ、マグナ、そんなに焦って……」

「これを見てください」

マグナ宰相は一言だけ言い、一枚の書類を国王の前に出す。内容を読んでいくにつれ王の表情は引きつっていき、最後には頭を抱えた。

添付されている書類には、学園から訓練場の修繕計画のための稟議書、白金貨十枚の見積書、そして経緯説明が書かれていた。

その渡された経緯説明にはこう書かれている。

『入学試験においてカインという受験生が、魔法能力試験で初級魔法を使用し、結界を破り訓練場を大破させ、使用不可能となった』

「マグナよ……学園の結界はそんなに簡単に壊れるものなのか……？」

「超級までは耐えられると聞いております……」

「――そうか……あやつを常識の範囲内で考えたのが間違いじゃったわい……」

国王とマグナ宰相は二人で頭を抱えながら承認印を押したのだった。

試験から数日が経ち、合格発表の日を迎えた。

この日を迎えるにあたって、ここ数日間、カインは王城に呼び出され説教を受けていた。

国王からは、冒険者ランクがAランクになっていることを突っ込まれ、そして国営の学園の訓練場を破壊したことも問い詰められていた。

さすがにそれに関しては、カインも反論の余地があり、説明を始める。

「試験官に全力で魔法を打てと言われました。結界が張ってあるから問題はないと言われましたので。さすがに『超級』や『帝級』はまずいと思い、初級に下げました。だけど、加護のおかげで威力が増して結界ごと破壊してしまったのです。冒険者ギルドに関しては、本当はCランクで登録の予定でしたが、ギルドに丁度来ていたティファーナ騎士団長が一言ギルドマスターに言ったおかげでAランクになりました。僕は悪いことをした覚えはないです」

さすがに今回は周りに振り回されて問題が起きてしまっただけで、本人はまったく悪いと思ってない。開き直ったカインに国王とマグナ宰相は大きくため息をつく。

「お主の行動で何度頭を抱えたことやら……。その前に！　カイン！　『帝級』と言ったな？　あの本に書いてある魔法は使えるのか？？」

「はい、理解は出来ましたので使えるかと。ただ……帝級を使ったら辺り一面どうなるか……どこかで試しても……？」

「カイン！　絶対にその魔法は使うな！　本当に使うなよ!!」

国王は焦ったように本気で、カインのことを止めた。

そして、思い出したかのように、国王はカインに問いただす。

「そういえば、お主どこで試験を受けたのじゃ？　テレスティアもシルク嬢も試験会場で見かけなかったといっておったぞ」

「普通に南門で受付をして、案内された教室で試験を受けましたが？」

「……カイン、なぜ学園に北門と南門があるのか知っておるよな？」

「もちろん。知っております。北門は貴族街側に通じており、平民街側は南門に通じているためです」

「それでお主は、どこの門から入って、どこで受付したのじゃ？」

「もちろん、南も――あっ！」

カインは説明をしながら、自分が北門から入って受付をする必要があったと気づいた。その表情を察してか、国王は大きくため息をつく。

「そうじゃ、貴族用に北門にも受付があるのじゃ。そして試験を受ける場所もまったく違うところでやっておるのじゃ！　お主、平民達と試験を受けておったのじゃぞ。それなら誰とも会えるはずもない。会えなかったとテレスティアが怒っておったぞ。しかもお主、受付で〝カイン〟のみで登録しおったじゃろ。そのせいで学園が大騒ぎになったのじゃ。学園長が統括管理官のエリックのとこに相談にきたのじゃぞ」

「え、なんでそんなことになったのですか……それにしてもなんで大騒ぎに？」

カインはわからずに首を傾げるしかなかった。


時《試験の後》は少し遡る。

入学試験の採点をしていた教師が、学園長の部屋に飛び込んできた。

「学園長、全員の採点が終わったのですが——問題があるのです。筆記試験で全問正解しているのは一人だけなんですが、その受験生は平民なのです。その子が主席になってしまうと……。今年は第三王女殿下やエリック公爵令嬢が試験を受けております。筆記試験の結果は次席が王女殿下で三席がエリック公爵令嬢になっているんです」

採点をした試験官が学園長に話をする。

学園長は説明を聞き、腕を組み悩み始めた。

「王女殿下と公爵令嬢は実技での加点で抜かすことはできないのか？　さすがにこの国でそんな理由で平民を蔑《さげす》むことをしたら私が罰せられる」

エスフォート王国では初代ユウヤ国王時代より、学生は全てにおいて平等であり、勉強する権利は平等に与えられるべきと伝えられ続け、今でもその伝統は守られていた。

「その件ですが、実技においてその平民の受験生は、魔法能力測定では初級魔法で訓練場を破壊し、剣技ではAランクの氷炎のクロード殿とまともに打ち合ったとか。魔法も剣技もSプラス評価です」

「あ、あの子か——それでは変えようがない。これは統括管理官であるエリック公爵にお伺いをする必要があるな。さすがにこのままではまずいであろう」

学園長は説明する資料を受け取り、急遽エリック公爵を訪ねることになった。


緊急の要件とのことで、学園長はすぐにエリック公爵の執務室に案内される。

「エリック公爵、お忙しいところ申し訳ありません。今回の入学試験で少し問題がありまして……お知恵をお借りしたいと思いご相談に伺いました」

「学園長、どうしたんだい？　結果をそのまま出せばいいのでは？　毎年の事でしょう」

「それがですね……」

説明用の資料を渡し、内容を説明していく。平民の受験生が筆記で満点をとったこと、もちろん訓練場の破壊やAランク冒険者とまともに打ち合ってたことも。

それを聞いて、エリックは腹を抱えて笑い始めた。

「エリック公爵、笑ってはいられませんぞ。平民が主席で王女殿下が次席、ご令嬢が三席になってしまいます」

学園長は真剣な顔をし、笑っているエリックに食って掛かるが、エリック公爵は腹を抱え、目に涙を溜めながら、説明を始めた。

「そのままでいいんじゃない？　その子の名前って〝カイン〟じゃない？」

「――名前はそうですね〝カイン〟で合ってます。……ってそれをなぜエリック公爵が知っているのですか？」

学園長は予想外のエリック公爵の回答に驚きながらも質問をする。

「やっぱりカインくんだったか。なら余計そのままにしたほうがいい」

「――それはなぜ？」

学園長は意味がわからずに首を傾げる。

「カインくんはねー、正式な名前は『カイン・フォン・シルフォード男爵』だよ。ガルム辺境伯の息子でね。しかも十歳で叙爵しているから正式な貴族の当主だよ」

「！！！！！！」

学園長は予想外の回答に目を見開き驚いた。

「そんな人がいったいなぜ……」

「多分、平民側の南門で受付したんじゃない？　カインくんならやりそうだし」

「……そういうことだったのですね。わかりました。それではこの順番で発表させていただきます」

そう言って学園長はエリック公爵に一礼して退出していった。

「カインくん、それにしても派手にやったね～。あとでマグナ宰相が修繕費の見積もりを見て驚くんじゃないかな」

一人になった部屋でエリック公爵は笑みを浮かべたまま呟いた。

合格者は北門、南門両方に貼りだされている。

貼り出されている掲示板の前には人だかりが出来ていた。受験生だけでなく、親も心配で同行することが多い。

北、南門とも同じものが掲示されており、合格発表と共に、クラス分けまでが掲示されている。

掲示板の前では、喜んでいる子も泣いている子もいた。

この王都の学園はレベルが高い。一学年につき二二〇名の合格者がでるのだが、入学試験の成績でクラス分けがされていく。クラスは上位二十名がSクラス、続いてAからEクラスまであり、各四十名のクラスだ。上位二十名は受験番号の横に名前も張り出されていた。

「二八五番はどこかなーっと……」

カインは前回の失敗から、北門の掲示板を眺めながら自分の番号を探していく。

番号を探しているとカインはいきなり肩を叩かれた。

振り向くとそこにいたのはシルクだった。

「カインくんおめでとう主席だね！　テレスが次席で私が三席だよ。ほら、あそこ、あそこに名前と番号が並んでるでしょ？」

そう言って向けられた先には、一番目立つところに順位が書いてあり、『主席　二八五番　カイン・フォン・シルフォード』『次席　〇一二番　テレスティア・テラ・エスフォート』『三席　〇二五番　シルク・フォン・サンタナ』と書かれてあった。

「本当だっ。合格しててよかった。それにしてもカインとしか書いてなかったんだけどな、受験票には……」

「それにしても、父様から聞いたよ。南門で受付して平民側の試験会場で試験受けてたんだって？　しかもあの破壊した訓練場も見たよ。あれはひどいね〜。実技会場に向かおうとしたらすごい轟音がしてびっくりしたんだから。あと、今日テレスは来てないけど、試験会場で会えなかったって怒ってたよ」

「北門に受付あるって知らなかったからね。名前しか書くところがなかったからおかしいなって思ってたんだ」

少し雑談をした後、シルクはこれから用事があるとのことで、カインも屋敷へと戻ることにした。

「それじゃあまた入学式でね！　制服楽しみにしててね」

合格者の受付を済ませたところで、見知った顔がいた。姉のレイネだ。腕章を身につけて人の誘導をしている。

「レイネ姉様、お久しぶりです」

後ろから声をかけたカインに気づき顔を見て満面の笑みを浮かべた。

レイネも十四歳となり、段々と大人びてきて女性らしい膨らみもでてきていた。

贔屓目《ひいきめ》に見ても美少女であった。

「カインくん！　久しぶり。全然屋敷に来てくれないじゃない。それにしても合格おめでとう。試験どうだったの？　どのクラスになった？　まだ掲示板の前は人が多いから見てないの……」

「――主席でSクラスになってました」

主席とは言いづらかったが、正直にレイネに伝えた。

「しゅ、主席……だったのね。さすがカインくんだわ。それじゃ入学の時の挨拶頑張らないとね」

さすがにレイネも主席になるとは思っていなかったようで驚いていた。

「入学の挨拶……？」

カインは主席が挨拶することは聞いていなかった。

「知らなかったの？　毎年、主席が挨拶をするのよ。説明受けていると思ったけど」

「そうだったのですか……、テレスに変わってもらいたかった」

あまり目立ちたくなかったカインは、次席のテレスティアが挨拶したほうが華があると思ったが、レイネに否定された。

「もう発表されたからダメよ。それよりも合格したんだから、屋敷にいる母様にも報告しにきなさいよ。父様はグラシア領に戻っているからいないけど」

「うん、これから屋敷に報告しにいこうと思います」

「そのうち一緒に食事でもしようね」

レイネはそう言って、並んでいる合格者たちの誘導の仕事を再開した。

「たまには実家に顔を出さないとな……」

カインは学園の門を抜け自分の屋敷ではなく、王都の別邸に向かって歩いていった。

グラシア領の辺境伯邸には、すでに学園を卒業した兄であるジンとアレクがいる。もちろん第一夫人であるマリアも含めてだ。

ガルムの後を継ぐために、ジンは領地経営について学んでおり、アレクも内政官としてグラシア領にある一つの街を代官として見ている。

現在、王都の屋敷に住んでいるのはサラとレイネだけだった。ガルムもこの時期は領地に戻っていた。

王都のガルム家別邸に到着すると、久々にきた屋敷を見上げた。

「ただいま～。って違うか」

門番に手を上げ中に入っていく。門兵もカインの顔を知っており、久しぶりに見る顔に頬を緩めて頭を下げる。

扉を開けて中へ入ると、出迎えてくれたのはサラだった。

「あら、カインじゃない～。今日はどうしたの？　あ、今日は合格発表の日ね？」

サラの言葉にカインは頷いた。

「主席合格しました。学園でレイネ姉様に会った時に母上に報告しにいくようにと言われてて」

「あら、主席なんてすごいじゃないっ！　さすがカインね！　グラシア領にいるガルムにも手紙で連絡しておくわ。入学式には王都に戻るようにって」

サラは予想以上の成績を収めたカインの頭を撫でて抱擁する。

「……よろしくお願いします」

久々の抱擁にサラの女性らしい柔らかさを感じ、少し照れながらもカインは頷く。

「今日はどうするの？　この屋敷に泊まっていく？」

せっかくのサラの提案だったが、家の皆にも報告が残っていることもあり、カインは首を横に振る。

「家でシルビアも待っていますし、今日は帰ります。報告にきただけなので。また顔を出しにきます」

少し雑談をした後に王都の別邸を後にした。


自邸では、結果が気になるシルビアがホールを右往左往しており、そんな姿をコランが苦笑しながら眺めていた。

カインはそっと扉を開け、落ち着きのないシルビアの姿を見て頬を緩ませる。

「何してるの？　二人とも……」

カインの声に勢いよく顔を上げたシルビアは、結果が気になるようで、カインに勢いよく飛び掛かった。その場で主席合格を報告すると、コランは頷き、シルビアは飛び上がって喜びを露わにする。

「カイン様さすがです。それにしても主席とは驚きました！」

「カイン様ならそうなると思ってました！」

コランは驚いていたが、なぜかシルビアは当たり前のように主席になると思っていたようだった。

「今日はお祝いですね！　夕食楽しみにしていてください！」

「ありがとう、楽しみにしてるよ」

シルビアは喜んで厨房へと駆けて行った。


そして、時間はあっという間に過ぎ、入学式を迎えることとなった。

3 入学式

朝からシルビアが笑顔ながらも忙しそうに屋敷内を走り回っていた。

カイン以上にシルビアは張り切っており、入学式で主席の挨拶があると知ってからは、空回りしているのではと思う程であった。カインとコランの二人は、その姿を眺めながら苦笑いしていた。

入学式までの準備期間は、制服を合わせたり必要なものを買い出しにいく必要があり、その間、冒険者活動はしていない。もちろん、冒険者稼業で怪我などして、入学式に出席できないことはあってはいけないと、コランからもきつく言われていた。

この世界の暦は、週六日となっており、火、風、土、水、闇、光で構成されている。五回繰り返した三十日が一月とされ、十二カ月で一年とされている。

学園では、闇、光の二日間が休みとされ、年の初めと夏には大型の連休がある。

部屋で用意された制服に袖を通しながら、これからの学園生活に心を躍らせた。

懐かしい気持ちから前世の高校生活をふと思い出したため息をつく。

そして久しぶりに沙織の顔を思い浮かべた。愛美を含めて元気にしているのかな……と思ったが、すぐに前世の話だと諦めをつけ、頭を振って浮かんだ顔を消した。

「カイン様、とっても制服がお似合いです！」

「気をつけていってらっしゃいませ」

コランとシルビアの二人に笑顔で見送られ、馬車に乗り込み学園へと向かった。


学園までは家から徒歩でも十数分でつく距離にあるが、貴族は見栄のために馬車で入学式へ向かうことになっている。

学園に近いことを国王に感謝しながらも学園へと馬車は進んでいく。

今日は間違えないように、北門から門をくぐり学園に入ったところで馬車を降りた。

新入生は相当数が入る体育館みたいな場所に案内され、各自席に着いていった。見上げると二階席があり、そこには保護者が座っている。さすがに両親席は貴族と平民が同じところに座るわけにもいかず分けられていた。

貴族側の両親席に視線を送ると、ガルムとサラが二人で座っていた。

「父上、来てくれたんだな」

カインは嬉しそうに呟いた。

「カイン様、おはようございます！」

「カインくん、おはよ～」

急に後ろから声が掛かり、振り向くと見知った二人が笑顔で挨拶してきた。

「テレス、シルクおはよう！　今日からよろしくね」

カインは満面の笑みで二人に返事を返した。その笑顔に思わず二人とも頬を染めてしまう。

席はクラス単位で決められており、カイン達Sクラスは最前列に用意されていた。そして主席の挨拶をするカインの椅子には、ご丁寧に名前まで書かれており、カインが苦笑しながらもその席に座ると、その両隣に当たり前のようにテレスティアとシルクが座った。

カインを中心に三人で話していると、周りが小声で話すのが聞こえてくる。

「あれ、テレスティア王女殿下だろ、あの男の反対側にいるのはサンタナ公爵令嬢だぞ。あいついったい誰なんだ？　あの二人と仲良く話して……」

「あの真ん中の席が羨ましい……」

「でも真ん中の男の子も格好いいよ……」

そんな声が聞こえてきたが、もちろんカインは聞こえない振りをしていた。

「もう入学ですし、お父様の許可が出たらすぐにでも公表したいですわ」

「うん～、そうだね～。イチイチ隠すの面倒だし」

二人とも婚約の話を二年間黙っていてくれた。まだ内密な話なので、今まで外でデートせず王城でのお茶会がメインとなっていた。

「そのうち陛下と、エリック公爵と話して時期を決めてみるよ」

そのまま雑談をしていると、司会が話し始め入学式が始まった。

学園長が演壇に登り、話を始める。

「皆さん入学おめでとう、この学園は――」

少し長い説明を聞き終えてから一斉に拍手をする。そして、次に生徒会役員一同が演壇に一列に並んだ。

「えっ」

カインは思わず驚いた。

生徒会役員の中に姉のレイネがいたからだ。

生徒会長の説明で、姉が生徒会副会長をやっていることを初めて知った。

「続きまして、新入生代表、一年生主席、カイン・フォン・シルフォード」

司会に呼ばれたカインは席を立ち演壇へ向かって歩いていく。

演壇に立ち、一度大きく深呼吸する。そして、周りを見渡したあとに話し始めた。

「はじめまして、本年度一年生主席となりましたカイン・フォン・シルフォードです。ここにいる生徒たちは多くの受験者から試験を勝ち残って入学した方々になります。私は貴族ですが、教育には貴族も平民もありません。学ぶ権利については、初代国王より全ての国民は平等に教育を受けることができると定められています。これからの学園生活では、家柄に囚われずに友人をつくっていきたいと思っております。ただし、新入生はわからないことばかりだと思います。諸先生方、先輩の方々、これから色々とお世話になると思いますのでよろしくお願いします。新入生代表、カイン・フォン・シルフォード」

一礼すると、盛大な拍手となった。

ひと仕事終えて席に戻るとテレスティアとシルクが笑顔で待っていた。

「カイン様、とても凛々しかったですわ」

「カインくん格好よかったよ！」

「二人ともありがとう」

司会がそのまま式を続けていく。

「それでは、最後に陛下がいらっしゃっておりますので、一言いただきたく思います」

その言葉に、テレスティアとカインは驚いたように視線を送る。

「テレス、陛下が来ているなんて聞いてる？」

「今まで出たことはなかったと思います」

演壇にのぼっていく国王がカインに一度視線を送り何事もないように演壇に立つ。カインは嫌な予感がした。

「皆さん、入学おめでとう。先ほど新入生代表のカインくんが言っていた通り、教育は貴族、平民、王族でも平等に受けられる権利がある。今年は色々と規格外の生徒もいるので先生方も大変じゃとは思うが、頑張って欲しいと思う。これからも頑張ってくれたまえ」

「規格外」のところでカインを見たのは国王が色々と問題を起こすであろうカインに釘をさすためだったが、カイン達以外に気づくものはいなかった。

挨拶が終わり盛大な拍手の中、国王が降壇し無事に入学式が終わった。


入学式を終えたカインは、挨拶をするために来てくれた両親の元に向かった。

「父上、わざわざ領から来ていただきありがとうございます」

「サラから、鳩便が来たから何かと思ってな。手紙を見たらカインが主席だというじゃないか。仕事はジンとアレクに任せて強行で来たぞ」

ガルムはカインの頭を軽く撫でて笑う。

この学園の主席とは、この国の同級生の中での主席を意味することになる。この学園が国内で最難関の学園だけに親として誇りなのだ。

両親と別れ、教室に向かっているところで見知った後ろ姿があった。

「おーい！　パルマ！」

カインの声に振り向いたのはサラカーン商会のパルマだった。

この学園を受験すると聞いていたが、無事に合格したようでカインも笑みを浮かべる。

振り向いたパルマはカインに気づくと、満面の笑みで手を振ってから頭を下げる。スカートから出ている尻尾も揺れていた。

獣人の成長は人族よりも早く、すでに女の子らしい膨らみもわかるようになっていた。

「カイン様、主席おめでとうございます。代表挨拶素敵でした」

「パルマも入学おめでとう。どのクラスになったの？」

「勉強頑張ったおかげで、Aクラスになれました。カイン様と同じクラスになれなかったのは残念ですが、魔法も剣技もできませんし、せっかく入学できたので頑張ります。卒業までにはSクラスに上がれるようにしたいです」

「Aクラスでも十分すごいよ！　わからないことがあったら教えるから気軽に声かけてね！」

「はいっ！　よろしくお願いします」

パルマとは隣のクラスだったので、教室の前で別れ、隣にあるSクラスへ向かった。

教室のドアを開けると、テレスティアとシルクがすでに席に座っている。

「カイン様、遅いですよ」

「カインくんおそーい。こっちこっち」

二人が笑いながら頬を膨らませ手招きをする。

「ごめん、久々に両親に会ったから話してたんだ。あと知っている子がいたから声掛けてきた」

「知っている子？　それは女の子ですの？」

テレスティアが食いついてきた。

「僕が商売している提携相手の商会の娘さんだよ。いつもお世話になっているからね」

その言葉を聞き、テレスティアとシルクは二人でコソコソと話し始めた。

「カイン様の婚約者候補がまた増えそうな気がしませんか？」

「んー、増えてもいいんじゃない？」

「そんなに増えたら、私たちが相手してもらえなくなりますよ」

「それは困るねー」

二人でそんな話を始めた。カインにも聞こえていたが苦笑いしかできなかった。

そんな話をしているとチャイムがなり、女性教師が入ってきた。

「皆さん、席についてください。今日からこのクラスの担任になりました、エルカ・フォン・ポートライです。まずは自己紹介をしましょう。最初は主席のカインくんからだね」

呼ばれたカインは席を立ち、教壇の横に立つ。

「初めまして、カイン・フォン・シルフォードです。一応貴族になりますが、気にしていないので気軽に〝カイン〟って呼んでください。これからよろしくお願いします」

頭を下げて、自分の席に戻ると次のテレスティアが席を立った。

「テレスティア・テラ・エスフォートです。第三王女ですが、カイン様と同じく気軽に声をかけてくださいね。よろしくお願いします」

王族らしく、華麗な礼をして席に戻っていった。そして次は三席のシルクだ。

「シルク・フォン・サンタナです。公爵家になりますが、テレスティア、カインくんと一緒に気軽に声をかけてください。よろしくねー」

そのあともクラスメイト達が順々に挨拶をしていった。

「これで全員挨拶は終わったな。今日はこれで終わりになるが、明日からはオリエンテーションになる。選択学科も決める必要があるからしっかり見るんだぞ」

初日は入学式と次の日からの説明だけで解散になった。他の教室も終わったようで続々と生徒が教室から出てくる。

このフロアには一年のSクラスからBクラスまでの三クラスが並んでいる。CからEクラスは一つ下のフロアにある。

カインが、テレスティアとシルクの三人で帰ろうとしていると、廊下から怒鳴り声が聞こえてきた。

「お前みたいな獣人の平民がなぜAクラスなんだ？　侯爵家の僕のほうがAクラスにふさわしいのに！」

「「そうだ！　そうだ！」」

廊下を覗いてみると、絡まれているのはパルマだった。

その瞬間に、カインは青筋を立てて絡んでいる相手を睨みつけた。

絡んできた相手が上級貴族である侯爵家と聞いて、さらにどうしていいかわからずにパルマはオドオドしていた。

「お前がこの学園に入学していなければ、僕がAクラスだったはずだ。すぐに退学してしまえ」

相手の顔を見ると、コルジーノ侯爵家の嫡男ハビットだった。

「入学初日に何絡んでいるのかな？　ここの学園は貴族も平民も平等だったはずだけど」

カインが後ろからハビットに声を掛けた。

「そんなの関係ない！　それは下級貴族であって、上級貴族の僕には関係のない話だ!!」

と言いながらハビットは振り向いた。

そして一瞬にして固まった。取り巻き二人もカインに気づき動きが止まる。

「そんなことは誰も言ってないけどな。しかもその子は僕の知り合いなんだけど」

そのままハビットとパルマの間に入り、パルマを背中に隠す。

「こ、これはカイン男爵、あなたも貴族なのに、貴族の味方をしないで平民の肩を持つのか」

取り巻きの一人がカインに言ってきた。

「貴族も平民も関係なく、僕は友達の肩を持つけど？」

「フンッ。貴族ではなく、平民の肩を持つだと。侯爵家より平民を選ぶなら父上にも話して、その平民の家ごと潰してやる」

その言葉にカインの殺気が溢れ出る。殺気は他の人には気づかれないように三人だけに向けた。

「――誰が誰を潰すだって……」

カインは先ほどまでと違って、冷たい声で三人に視線を向ける。

殺気を受けた三人は恐怖からガタガタと震えはじめた。

そんな時、さらにハビットの後ろから声が掛かった。

「国民あっての貴族ですのに、その発言は問題ですわね。これは父上にも報告が必要かしら？」

震えながら声のほうを向いた三人はさらに固まった。

立っていたのは王女であるテレスティアと公爵令嬢のシルクなのだから。

「テ、テ、テレスティア殿下！　い、い、いえ……、先ほどの言葉は間違っておりました……申し訳ありませんテレスティア殿下」

正面からはカインの殺気、後ろからは王女からの口撃を受けて、ハビットは顔が真っ青になっていた。

「謝る相手が違いますわよ。あなたが絡んだ相手に謝るのが必要なのでは？」

テレスティアがパルマに謝るように冷たく促す。

ハビットは平民に謝りたくはなかったが、王家に伝わったら問題になるのはわかっていた。

「こ、こ、この度はすまなかった……」

ハビットと取り巻きはカインの後ろに隠れているパルマに向かって謝った。

「パルマ、これでいいかい？」

カインがパルマに尋ねるとパルマは小さく頷いた。

「……はい……」

「ハビット殿、次は同じことがないようにしてください」

「わかった、カイン殿」

その一言を残して三人は逃げるように帰っていった。

「パルマ、気づくのが遅くなってごめんね」

「カイン様、助けていただきありがとうございます」

パルマは上目使いでカインを見つめた。

その瞬間に二人から声がかかる。

「「これはお話が必要（だね）ですわね」」

そしてそのまま、カインとパルマはテレスティアとシルクに連れられ教室に戻った。

「カイン様はそこで正座して待っていてくださいね」

「え……正座？」

「いいからせ・い・ざ」

「……はい」

カインは仕方なく正座した。

女子三人はそのまま丸くなって話し始める。

三十分が過ぎようとした時、三人による話し合いが終わった。

「これで私たちはパルマの友達ねっ！　これからよろしく!!」

シルクがパルマに声を掛ける。

「はいっ！　こちらこそよろしくお願いします」

「あ、カインくんのこと忘れてた」

話に夢中になってカインのことを忘れていたことにシルクが気づいた。

三人がカインに視線を向けると……、そこには足が痺れて動けなくなったカインが、正座をしたままぐったりとしていたのだった。


オリエンテーションが始まった。

王立学園には基本学科の他に選択学科というものがある。

基本学科とは、国語、算数、歴史などが含まれており、これは必ず選択しなければならない。

選択学科は専門性がある学科となっており、貴族科、冒険科、商業科、内政科、魔法科、武道科、魔道具科、薬剤科、家庭科など、いくつもあり自分に合った学科をひとつ以上選ぶことになる。生徒によっては三つ、四つと選ぶ者もいる。

ちなみに貴族科は貴族としての内政や外交、礼儀作法などの勉強をする必要があるため、貴族しか選択を認められていない。

学科の一覧が記載されている用紙を見ながらカインは頷く。

「やっぱり冒険科だよねっ！」

「「ダメ（です）！！！」」

真っ先にテレスティアとシルクによって否定された。

「カイン様はすでに貴族の当主なのですよ？　これから貴族のことを色々と学ばなければいけません。貴族科は必ず選択してください」

テレスティアはカインが冒険者登録をしたことを知っていたのだが、さすがにそこは譲れなかった。

「……はい……」

カインはテレスティアからの冷たい視線に力なく頷いた。

「貴族科の他に冒険科とればいいんじゃない」

シルクの一言でカインに活力が沸いた。

「そうだよねっ！　一つしかとれないわけじゃないんだよね？　貴族科は仕方ないとして、冒険科と……魔法科も、武道科も、魔道具科も捨てがたい」

カインは腕を組み悩んでいた。

「四科目なら平気だと思いますわ。それ以上になると大変になるかと」

テレスティアがさすがに呆れて助言をしてくれた。

「決まった！　貴族科、冒険科、魔法科、魔道具科にするよ」

「武道科はいいの？」

シルクが尋ねてくる。

「武道は冒険者やっているから実践で覚えていくよ。二人は何を選ぶの？」

カインは二人に聞いてみた。

「私は、貴族科と内政科を選ぼうと思ってます……」

テレスティアが頬を染めながら答える。

「貴族科はわかるけど、どうして内政科に？」

カインは不思議そうにテレスティアに聞いた。

「それは……もちろん、カイン様との将来の領地経営のため……って⁉」

思わず言ってしまったことに、テレスティアは顔をリンゴのように真っ赤にして両手で顔を隠していた。

「あらあら、テレスったら。私は貴族科と、商業科かな。カインくんが将来統治する領地のために勉強できたらなーって」

シルクはさっぱりとカインに答えた。少し頬を赤くしながらだが。

「二人ともありがとう。領地経営はまだなんとも言えないけど、二人のためにも頑張るよ」

カインは二人の気持ちに感謝をして素直に御礼の気持ちを伝えた。


数日間に渡る科目別のオリエンテーションが全て終わり、選択学科を書き、担任に提出したカインだったが大事なことに気付いた。

「これでよしっと。そういえば最近教会に行ってないな。たまには顔を出さないと神様たちに文句言われるか」

学園帰りに教会へ寄ることにしたカインは教会に入ると、お布施を渡し神々の像たちの前に跪く。

そしていつもの通り、カインは白い光に包まれていった。

「カイン、久々よのぉ。まずは入学おめでとうじゃな」

白い光が収まったところには、いつものように神々が座っている。

「ご無沙汰してます。そしてありがとうございます」

そう言いながら、いつもの自分の席に座る。

「みんなで楽しませてもらっていたぞい」

スクリーンに映っていたのは、入学試験で訓練場を破壊した魔法を放ったシーンだった。

「また見てるんですかっ!!」

「カイン！　初級なんて言わずにこの間見た魔法書に書いてあった帝級使えばよかったのに！」

そう言ってきたのは魔法神のレノだ。

「さすがに帝級はまずいと……。あそこで帝級放ったらどうなってました？」

「うーん、訓練場だけでなく、校舎も全壊だったな。一キロくらい全部ダメになったかも？」

「なんで疑問形？　しかもそんなことしたら、王都が大変なことになってましたよっ！」

「カインよっ！　そんな魔法のことより、あの剣技どんだけ手抜いてるんだ？　あれくらいなら一撃で倒せるだろ？　お前のステータスと加護ならほとんど問題ないはずだろーが」

割り込んできたのは武神サーノスだった。

「人間の範囲内でやりましたよっ！　入学試験で十二歳が皆の前でA級冒険者を一撃で倒したらどう思われると思いますか??　入学したら誰も怖くて近くによってくれませんよ!!　しかも本気で剣振っ

たら剣圧でまた壁が壊れます……」

すでにステータス、加護共に人外のものになっているカインは、自身の力を常識の範囲内のものに見せるために苦労していた。

「まぁ冗談はいいとしてな。カインよ、お主に行ってもらいたい場所があるのじゃ」

そう言って、ゼノムはカインに一枚の地図を差し出した。

地図はエスフォート王国を中心にしており、グラシア領と隣接しているバイサス帝国や、王都の反対側にあるマリンフォード教国、山脈の高地にあるタンブルトン王国、商業の主要都市イルスティン共和国など周囲の国が描かれている。

「ここまで詳細な地図は初めて見ましたよ」

カインは自分の国以外の地図を初めて見れたことに夢中になっていた。

「お主に行ってもらいたいのはここじゃ」

創造神ゼノムが指を差した場所は、グラシア領の横にある魔物の森の奥深くの場所だった。

幼い時にレッドドラゴンを倒した場所よりもさらに奥だ。

「ここには何が？」

カインはゼノムに尋ねたが返ってきた返事は一言だけだった。

「行ってみればわかる」

ゼノムが言ったのはそれだけだった。

「さすがにこの距離はすぐには行けないですよ。レッドドラゴンがいた場所よりもさらに数日奥に入った場所じゃないですか、学園に入学したばかりなのでそんなに休めませんよ」

「お主なら、帰りはすぐじゃろ。次の二日間の休日で十分間に合うはずじゃ」

「そこまでして行く必要があると……。わかりました、行ってみます」

ゼノムの言葉にカインは頷いた。

「うむ、よろしく頼んだぞ。では、また会おう」

その言葉を聞いた後、また光に包まれて、気付くと神殿で七柱に向かって祈っている格好をしていた。

カインは立ち上がり、そのまま教会を出て屋敷に帰った。


「ただいまぁ」

「おかえりなさいませカイン様」

迎えてくれたのはシルビアだった。

「今度の週末少し出かける用事ができた。二日間ほど留守にするからよろしくね」

カインはシルビアにそう伝えると部屋に戻っていった。


慣れない学園生活は瞬く間に過ぎ、初めての週末を迎えた。

荷物と数食分の食事をアイテムボックスに入れ、冒険者の格好をして部屋を出た。

「何があるかわかりませんから気をつけてくださいね」

「うん。無理はするつもりはないから平気だよ。それじゃ、行ってきます」

カインは門を抜けてから転移魔法を唱え、グラシア領の横にあるレッドドラゴンを討伐した魔物の森に転移した。

「ここも懐かしいなぁ。もう六年も経つんだな」

カインがドラゴンと対峙した時に、魔法を連発し、何もない状態になってしまっていたが、六年も経つと草木が生い茂っていた。

「こっちの方角だな」

ゼノムからもらった地図を確認して、方向を確かめた。

「今回は時間がないから、戦闘なしで一気に行くか」

『飛翔《フライ》』

そう唱えたカインの身体は地面から足が離れ浮いていき、次の瞬間には身体はすでに木々を超えた高さまで上がっていく。

「これぐらいでいいかな、風避けだけすればいっか」

風避け《ウインドシールド》を唱えたあと、一気に加速する。

時速二百キロに達するスピードでカインは飛んでいく。

二時間ほど代わり映えがない木々の景色を眺めながら飛んでいたが、いきなり視界が開かれ畑が広がっており、その中心に家が一軒だけ建っているのが見えた。

「あそこなのかな、それにしてもこんなところに家が一軒だけあるなんて……」

グラシア領の横から魔物の森へ入りすでに数百キロの奥地へきた。

視線を先に向けても地平線いっぱいまで延々と森が続く。

カインは魔法を解除し玄関先に降り立った。

周りを見渡すと、家が一軒だけあり、周りは自給自足をしているような畑が広がっていた。

「こんなところで住んでる人っていったい……」

カインは玄関の前に立ち、一息ついてからノックをする。

「すみませーーん、誰かいらっしゃいますか？」

「おう！　ちょっと待ってろー」

扉の奥から男の人の声が聞こえた。

そして足音が近づいてきて扉が開かれた。

「お、いらっしゃい。こんな辺鄙《へんぴ》なところへようこそ、まぁ中に入りなよ」

出てきたのは、二十代に見える黒髪の青年だった。

カインはその気軽な青年に言われるがまま、中に入り案内された椅子に座った。

「コーヒーでいいかい？」

その青年はカインに声をかけた。

「えぇ、大丈夫で――って、えええぇぇぇぇぇえええええ！！！！」

カインは驚いた。自然にコーヒーという言葉を受け止めようとしていたが、この世界にはコーヒーなんてものはなかった。

目の前の青年は特に気にすることもなく、コーヒーを勧めてきたのだ。

カインに緊張がはしった。

「まぁ、そんな警戒しなさんな、転生者くん、ゼノムのじじいから話を聞いてるよ」

「えっ……、神様と話したのですか!?」

「そんなとこだなぁ、あのじじいどもたまに気が向くと声をかけてくるからな。それで君が来るのを聞いてたんだ」

カインの目の前に煎れたてのコーヒーを置く。自分のカップにいれたコーヒーを一口飲みながらカインの対面の椅子に座った。

カインも久しぶりの香りを楽しみ一口飲んでみた。まさに十二年ぶりのコーヒーだった。

「まぁ、先に自己紹介といこうか。カイン・フォン・シルフォードくん、または椎名和也くんかな？」

目の前の青年はそう言った。

「俺は、ユウヤだ。ユウヤ・テラ・ヒラサワ・エスフォートか、もしくは平沢優也だね。君は転生者だけど、俺は召喚者、転移者と言ったほうがいいかな」

「えぇぇぇぇぇえええええええ！！！！」

衝撃的な言葉にカインは盛大に驚きを露わにする。

目の前にいた青年は、まさかの初代エスフォート国王だった。

「そんなに意外だったかい？」

二十代に見える黒髪の青年は、コーヒーを一口飲んだあと、カインの顔を見て笑った。

「初代国王様は――」

「――ユウヤでいい。日本人なんだから」

「……はい、ユウヤさんは三百年前の人と歴史の本には書いてましたが」

カインはこの世界に転生して、最初に読んだのが歴史と魔法の本だった。

そこで初代国王の名前を見て吹き出してしまったのを思い出した。

「うん、その通りだね。時間の感覚がわからないけど、こっちの世界では三百年経っているんだ？」

「こっちの世界では？ってなんですか」

カインはユウヤの返答で、疑問に思い首を傾げる。

「まぁ、それについては後ほどな、カイン、ここでゆっくりできるのか？」

「明日には帰らないといけないです。学園もありますし」

「ふむ、そうか、ならあっちに行くか」

（あっちって……なんだろう……）

カインはユウヤの話に対して疑問に思った。

「コーヒー飲んだら、移動しようか。こっちの部屋だ」

ユウヤは飲み終わったコーヒーカップをテーブルに置き、カインを案内する。

リビングから廊下に抜け、一つの扉の前にユウヤは立った。

「少し移動するからな」

ユウヤはそれだけ言って扉を開けた。

「おぉ……」

カインは感銘《かんめい》の声しか上げることができなかった。

扉を開けた先は、部屋ではなく外だった。ただし、まったく違う場所だ。

ユウヤに促され扉をくぐる。

「ここっていったい……」

カインはユウヤに訪ねた。

「ここは、俺が創った別次元の世界かな？　ここはファビニールと呼ばれている世界だ」

「創ったっていったい……」

カインは想像以上のことにただ驚いた。

扉をくぐった先は砂浜だった。目の前には大森林があり、空を見上げるとドラゴンらしき群れが飛んでいる。後ろを振り返ったらすでに扉はなく、海が一面に広がっていた。

「さっきの扉ってあのロボットがポケットから出す――」

「それは口にするな……」

「……はい」

「まぁ普通はそうなるわな。まぁいい、カイン、お前鑑定持っているだろ？　俺の事見てみろ、ステータスまでは見えるようにした」

今まで育ってきて、鑑定を人に使うと、相手が違和感を感じるということがわかっていたので多用しなかった。魔物は別に問題ないが、人に鑑定をして、それがバレてしまうとマナー違反と言われるのだ。

カインはユウヤの許可があるので鑑定をしてみた。

『鑑定』

【名前】ユウヤ・テラ・ヒラサワ・エスフォート（平沢　優也）
【種族】神族　【性別】男性　【年齢】超越
【称号】召喚者　勇者　国王　超越者　亜神　創造神
【レベル】測定不可
【体力】測定不可
【魔力】測定不可
【能力】測定不可

「えぇぇぇぇぇぇえええええええええ！！！！」

カインは再度驚いた。

まさかカインもユウヤが神になっているとは思わなかった。

「カイン、わかっただろ？　ここは俺が創った世界だ」

「はい……、まさか創造神になってるとは思わなかったです……」

「そんなもんだ、神族になってから年齢は重ねるが老化もしないし、そのまま国王でいたらおかしいだろ？　だから適当なとこで子供に王位を譲ってこっちでのんびりさせてもらってる」

「そういえばこの世界に移動したのはどうしてですか？」

カインはどうしてファビニールと呼ばれる世界に移動したかわからなかった。

「それは時間軸が違うからだよ。こっちの世界では一年いても、カインのいる世界じゃ一日しか経っていないんだ」

「それって――アニメで出てくる神の間にある――」

「それも口にしては駄目だ……わかってるよな？」

「――はい」

カインは前世で見たアニメを思い浮かべたが、ユウヤの一言で考えるのをやめた。

「だから俺はこっちの世界では、長い間神をしてるんだよ。ここなら多少のんびりしても大丈夫だろ？　一年いてもあっちでは一日だ」

「たしかにそうですね。それならのんびりさせてもらえそうです」

「とりあえず、俺のこっちの世界での家に移動しよう。転移するから掴まれ」

ユウヤはそう言って、カインの肩に手を乗せる。

『転移』

一瞬で風景が変わり、そこには先ほどみた家よりも数倍大きい屋敷が建っていた。家の周りには畑があり、ここでも自給自足の生活を送っているようだ。

「普段はここで過ごしてる。まぁ中に入れや」

そう言って扉を開けて、ユウヤは中に入っていく。カインもそれを追って屋敷に入っていった。

屋敷の中は一人で生活しているとは思えないほど綺麗にされていた。

そのまま応接室に通されてソファーに腰をかけた。

「そういえば、創造神ゼノム様よりユウヤさんに会いに行けって言われたのですが……」

「そのことだよな……。実はな、カイン、お前のことを鍛えてくれって頼まれてる」

「今でも人外の力があってセーブしているのですが、そこまでの強さが必要なんですか？」

ユウヤはソファーに寄りかかり、遠い目をした。

「うむ、実はお前の住んでいる世界の神は本当は八神だったんだよ。あと一人の神はアーロンといってな……遊戯の神だったんだ。ただ、イタズラが過ぎてゼノムのじじいに、一度地上に落とされたんだ。そこで精神が歪んでな、——邪神となった」

「邪神ですか……」

「うむ、お前の世界には遊びがほとんどなかったろ？　あれは遊戯の神がいないからだ」

カインは納得した。リバーシでさえ今や他の国まで輸出してるほど販売を伸ばしている。今までは国民の生活に遊びという概念がなかったからだ。

「それにしても、地上に落とされるほどのイタズラって何したんですか……」

「……生き残りを賭けた全世界を巻き込んだデスゲームだ。各国の上層部に伝わるように神託をして、この世界全体を戦争にもっていった。遊びが過ぎたんだよアーロンは……」

それはさすがに、創造神も怒るだろうなとカインは納得できた。

「そんな邪神の記録は見たことないですよ、そのアーロンっていう神は今は……」

「俺が三百年前にアーロンを封印した。いくつかの欠片ごとに違う場所にな。その為に俺は召喚されたんだしな。そして神がこの世界の人々の記憶を封印したんだ。その時は人であった俺には神を殺せるほどの実力がなかったからな、じじいに封印する方法を聞いてやったんだが、その封印があと数年で解かれそうなんだ。そしたらまたデスゲームが始まるかもしれん……それだけは阻止したい」

「それなら、またユウヤさんが封印すれば？」

「神が他の世界の地上のことに干渉はできないのだ。今の俺はこの世界の創造神でもあるから、使徒という形で代理者を立てる」

「ということは……もしかして……」

「カイン、お前だよ。じじいから使徒に選ばれたお前がやる必要がある。ただ、今のお前じゃアーロンには手も足も出ない。だからじじいが俺に鍛えるように頼んできたんだ。こっちの世界で鍛えれば今までの何百倍も経験を得られる」

「神様たちに後で文句を言う必要はあるとして、やらないといけないんですね」

カインは覚悟を決めた。背筋を伸ばし、ユウヤの顔を見つめる。

「師匠よろしくお願いします」

「あぁ、わかった」

こうしてカインはユウヤの弟子になった。

4 異世界ファビニール修行記

「カイン、とりあえずお前のステータスでは、この世界では中の弱くらいか……？　それくらいじゃこの世界では生き残れない。少しレベル上げて来い。あとな、修行が終わるまで自分のステータスを確認するのも禁止だ。あと転移も使えないようにこの世界を調整しておいた」

ユウヤの説明では、この大陸で生活している魔物たちは、カインがいた世界よりレベルが高い。

ユウヤはアイテムボックスから一振りの剣を取り出しカインに渡す。その剣を鞘から抜くと白銀色に輝いていた。

「お前の鉄の剣じゃ、魔力を通しても斬れない魔物がうじゃうじゃいるんだ。このミスリル製の剣を持ってけ」

カインは鞘に戻し、腰からぶら下げている剣を取り替えた。

「師匠、ありがとうございます、そういえば師匠、師匠がアーロンを封印した時は、レベルいくつくらいだったんですか」

カインの質問に、ユウヤは手を顎に当てながら思い出していた。

「あの時か〜。六百位だったと思ったぞ。それでもギリギリの戦いだったな……」

カインは今でもすでに自分のことを規格外だと思っていたが、ユウヤのレベルを聞き、目を見開き驚きを露わにする。

「……まだ倍以上あるんですね……。頑張ってきます……」

「とりあえず、この家を中心に周りにいる魔物は今のお前では倒せない。SSS級以上がこの周りにいるからな。外側に向かうにつれ弱くなってくる。まぁ弱いと言ってもあっちの世界でSランクはあるからな。さっきの海岸まで送るから、そこから中央にあるこの家まで頑張って戻ってこい。あ、飛んでくるのはナシな、あとこれを渡しておこう」

ユウヤに手渡された物を見ると方位計のような物だった。

「この針が指す方角にこの家はある」

そしてカインはユウヤと共にまた海岸沿いの砂浜に転移した。

先ほどまでは針がクルクルと回っていたが、今は一方向を指していた。

「食べ物を含めて自分で調達しろよ。じゃあ家で待ってるわ」

ユウヤはそう言って転移して消えていった。

一人で砂浜に立ったカインは目の前に広がる森を眺めた。

森の一本一本の木は高さ数十メートルの高さがあり、森の中にはわずかな光が差し込むだけで薄暗い不気味な雰囲気を出していた。

「どれくらいの距離があるかわからないけど、気合いれていこう！」

両頬を一度パチンと叩き気合を入れたカインは森の中へと足を踏み入れた。

探査《サーチ》を使いながらゆっくりと進んでいくが、魔物の気配がいたるところにあり、魔物同士でも争っているのが伺えた。

カインも森に入って五分もしない間に、魔物に見つかり襲われていた。

「森に入って五分でS級か～。これは手応えありそうだな……」

カインは真っ二つに斬られた四メートルほどのオークキングをアイテムボックスの中へ仕舞い、また一歩ずつ方位計の指す方向へ進んでいく。

数十メートルもしないうちに、また他の魔物と出会う。ひたすらそれの繰り返しだった。時には魔物と戦っている最中に、他の魔物が襲ってくることもあった。

一瞬も気が抜けない時間が延々と続く。休憩するときは魔法で穴を掘って、そこに潜り気配を消して休憩した。食事は魔物を捌いたものを野草と一緒に焼き、普段から野営用で持ち歩いてた調味料を使ってから食いついた。まさに原始時代に近い生活だった。

カインは方位計が指す方向に向けて、それでも一歩一歩進んでいった。


――そして一年が経った。

カインにとっては方位計の指し示す方向にひたすら歩き、魔物と戦う毎日の繰り返しであったため日数の感覚などわかるはずもなかった。

一年もの間、誰とも会話をせずに戦い続けていると、自然とカインの感情は抜け落ちていく。一人で一年もこの薄暗い森の中を彷徨っていれば、誰でもそうなってしまうだろう。

無表情のままのカインは、機械のようにただ現れた魔物を倒す。そしてアイテムボックスに仕舞い込む。ただ、それだけの繰り返しだった。

いつものように魔物を倒して、アイテムボックスに入れていると、近くから鳴き声が聞こえてきた。

普段なら特に気にしないはずだが、カインはその鳴き声が何故か気になり、呼ばれるように自然とその声が聞こえるほうに足を向けた。


進んでいくとそこにいたのは、土と血で身体を汚したまだ子犬くらいの大きさの子狼だった。

右後足は折れており、血まみれになりながらも何かから逃げてきたようで、すでに力尽きそうに横たわっていた。

子狼の前にしゃがみこんだカインは視線を合わし、頭をひと撫でした。

「お前も一人で頑張ってきたのか」

「クゥーン」

その子狼は鳴いたあと頭を下げた。止めを刺してくれと言わんばかりの目をカインに向ける。

誰とも話すことなく一年戦いだけをこなしながら暮らしたカインの表情が、次第に緩んでいく。

抜け落ちていた表情が、久しぶりに笑顔に変わった。

「よし、今、治してやるからな」

薄汚れた子狼に優しい笑顔を浮かべながら、カインは魔法を唱える。

『エクストラヒール』

上級回復魔法をかけると、子狼は光に包まれて、みるみる怪我が治っていった。

「これで大丈夫だ。それにしても汚いな……今綺麗にしてやるからな」

『身体清潔《クリーン》』

血塗《ちまみ》れの小さな狼は、光に包まれていく。包み込んだ光が次第に消えていくと綺麗な白色の毛をした狼が現れた。

「クゥーン」

起き上がった白い狼は、自分の身体を確かめると、カインに擦り寄って顔に飛びつき舐め始めた。

「コラコラ、くすぐったいって、お前飯食ってないだろ？　そろそろ飯の時間だからお前も一緒に食うか？」

「ワゥ」

白い子狼は尻尾を振りながら、カインの周りを走り回っている。

カインは狼の声を聞きながら、まず魔法で自分たちを囲うように壁を作り、その中で料理を始めた。

「お前は生のほうがいいんだよな？　ほら、オークキングの肉だ」

そう言って、適度な大きさにカットした肉を、白い狼のほうに投げてやる。狼は投げた肉を口でキャッチし、そのまま食べ始めた。

すぐになくなってしまったようで、またカインの顔を見つめて足らないよと言わんばかりに鳴き声を上げる。

「おかわりか、仕方ないやつだなぁ。ほらよっ」

また肉を出して、白い狼に投げると喜んでその肉をまた食べ始める。

カインも隣で焼いた肉を食べながら、白い狼が食べているところを眺めていた。

「──お前も一緒についてくるか？」

思わずカインはその白い狼に問いかけていた。

やはり一人でいるのは寂しかったのかもしれない。

カインが白い狼に話しかけると、白い狼は食べるのを途中でやめ、カインの顔を見た。

「ワゥ」

ひと鳴きだけし、また食べ始めた。

「一緒に来るなら、名前つけてやらないとな、真っ白だし、『ハク』でいいか」

カインがそう言うと、白い狼はまた顔を上げ「ワゥ」とひと鳴きだけした。

「よし！　ハク！　お前も一緒に頑張ろうな」

食事を済ませたカインとハクはまた方位計の指す方向に歩き始めた。

修行を共にすることになったハクは思った以上に強かった。子犬サイズの大きさなのに、すでにS

級を超えた魔物に対しても、恐れることはなく瞬発力を活かした戦いをしていた。

カインでもやっと追えるようなスピードで魔物を掻き回し、一瞬にして首に噛み付いていく。

カインも負けずに魔法と剣を駆使し魔物を殲滅していく。

一人ではないことに安心し、もう表情が抜け落ちることもなくなったカインは、また森を進んでいく。

そしてひたすら魔物と戦いながらまた二年の月日が経った。


修行という名のもとに、ただ方位計の指す方向へ歩いて、魔物を倒すだけの旅である。

二年も経つとハクはすでに三メートルほどの大きさになっていた。SS級の魔物に対してもまったく動じることもなく襲いかかっていく。

魔物を倒すと口の周りを血で汚しながらもカインにじゃれついてくる。

「ハクゥ。よせって、お前大きいんだから重いよー」

カインもすでに十五歳となり、身長も既に百七〇センチを超えていた。服のサイズも合わなくなってきたため、創造魔法《クリエイティブ》を駆使し服を新調していた。

「いったいいつになったら辿り着くんだろ……」

そう言いつつもハクと一緒の生活を楽しんでいた。この頃にはすでにSSS級と思われる魔物が徘徊している地帯に入り、ひたすらまた修行という名の魔物の殲滅を繰り返していた。

　さらに一年が経過したところで、森の先に切れ目が見えた。

　カインはその切れ目を目指して、一気に走り抜けた。

　すると走り抜けたその先には、見覚えがある風景が広がっていた。

　畑があり、その先には師匠《ユウヤ》の家が佇んでいた。

　この森を抜けるまでに四年の歳月が経過していた。

　思いっきり両手を広げてカインは叫んだ。

「やっと着いたーーーー！！！！」

　カインは家の前まで一気に走り抜ける。その横にはハクが一緒に走っている。

　ノックもせずにいきなり扉を思いきり開けた。

「師匠ーーーー!!　着きましたーー!!」

　扉を開けた先にあるリビングには、師匠のユウヤと見知らぬ男性が二人で話をしていた。

　カインの姿を見ると、ユウヤは頬を緩める。

「カイン、やっと着いたか。待ちくたびれたぞ。少しは立派になったようだな。ん？　お前が連れているのって神狼《フェンリル》じゃないか」

　三メートル以上のハクを見ながら、ユウヤは呟いた。

「フェンリル？　狼じゃなくて？」

　カインは不思議そうに首を傾げた。

「うむ、神獣でもある種族だな。まだ子供だが、大人になれば十メートルを超えるぞ」

「え？　ハクは神狼《フェンリル》で神獣なの？」

「ワゥ」

ハクは首を縦に振る。

「随分カインに懐いているもんだな。それくらいなら契約もできるんじゃないか？」

「契約？」

今度はカインが首を傾げる。

「召喚契約と言ってな、契約することによって、いつでも呼び出すことができるのだ。その大きさのままでは何かと不便だろ？　これからはもっと大きくなるしな」

カインはハクと視線を合わせると問いかけた。

「ハク、僕と契約してくれる？」

「ワゥ」

ハクは即答し、カインは笑顔になる。

「良さそうだな、修行を始める前に契約だけ教えておくか」

「『我、契約を求める。お互いの信頼の名のもとに絆を！　契約召喚《コントラクトサモン》』と唱えるのだ。それに答えてくれたらわかる」

「やってみます」

カインはハクと向き合い契約魔法を唱えた。

『我、契約を求める。お互いの信頼の名のもとに絆を！　契約召喚《コントラクトサモン》』

その瞬間、カインから魔力がハクに向かって流れ始めた。

ハクの足元に魔法陣が現れ、光の粒子に覆われるとそのまま消えていった。

いきなり消えたハクにカインは驚きの表情をする。

「ハクが消えた！！！」

焦ったカインにユウヤは説明をする。

「そう焦るな、『召喚《サモン》〝ハク〟』と喚べば出てくる」

ユウヤに言われた通りにカインは唱える。

『召喚《サモン》〝ハク〟』

その瞬間、床が光りはじめ魔法陣からハクが現れた。

「ワゥ」

「おぉ！　すごい。これで一緒にいられるな」

カインはハクに抱きつき喜んだ。

「そろそろいいかな」

声を掛けてきたのは、ユウヤと一緒にいた男の人だ。

「あ、すみません、初めまして。僕はカイン・フォン・シルフォードといいます」

カインは男性に頭を下げて挨拶をする。その姿に男性はただ頷いた。

「私はドランと言う。ユウヤの古くからの友人だ。そして君に修行をつけるように呼ばれてきた」

まだ修行は終わっていなかったことをカインは思い出した。

――ただ、ここに辿り着いただけだったことを……。

四年に渡る修行という名の魔物討伐を終えて、やっと師匠の家についたと思ったら、いきなり新しい師匠が出てきた。

ドランの外見は二メートル程度の身長に、鍛え上げられた身体が服の上から押し上げている。髪は銀色で、オールバックにしており、鋭い目つきでカインを見ていた。

「そうだ、カイン。このドランから剣技や体術を教わるといい」

ユウヤはドランの横に立ち、カインにそう告げる。

「師匠、わかりました。ドランさんよろしくお願いします」

カインはドランに頭を下げた。

「うむ、ここでやったら家が壊れてしまうからな、私の家の近くでやろう。転移するぞ」

「わかりました。ハクおいで！」

寄ってきたハクを一度送還した。

そしてドランがカインの肩に手を置き、転移魔法を唱えた。

「よし、いくぞ『転移』」

その瞬間にドランとカインは消え去った。

二人が転移したのを見届け、ユウヤは家の裏に向かう。

そこには、花が一面に咲き誇り、その中央には墓石が三つ並んでいた。

「聖也、恵。和也もこっちの世界に来ちまったが、立派になっていたぞ。あれなら俺たちができなかった事ができるかもしれない」

ユウヤは墓に手を合わせ少しの時間拝んだあと、家に戻っていった。


ドランとカインの二人は何もない草原についた。

「ここで修行をする。ここなら辺り一面何もないからな」

「まずは体術からやるか。好きなようにかかってこい」

カインは召喚《サモン》でハクを呼び出し、好きなように遊んでこいと言うと、ハクは喜んで草原を駆け抜けていく。

「これで大丈夫です。いきます」

カインは魔物を倒してレベルが上がったことにより、大幅なステータス増加があった。

目にも止まらぬスピードでドランに駆け寄る。

だが右手で殴りつけようと思った次の瞬間、いつの間にかカインは空を見上げていた。

「あれ？」

カインは起き上がり、なぜ倒れているのかがわからなかった。それだけ一瞬の出来事だった。

「カインくん。まだまだ遅いよ。どんどんこい」

また駆け寄り、今度はフェイントを混ぜながらボディに入れようとしたが、まるで当たる気配がない。ひたすらカインが攻め続ける形で修行は続いた。

日が沈む頃、カインは疲れ果てて草原で大の字になって倒れていた。

「もうダメだ……動けない……」

「今日はここまでにしようか。少しの間これを繰り返す。そしたら次は武器を持ってやるぞ」

「……はい……ありがとうございました……」

遊び疲れて戻ってきたハクは、倒れているカインを心配そうに覗き込んでいる。

カインは残り少ない魔力でハクを送還したあと、そのまま意識を失った。

ドランは意識を失ったカインを肩に担ぎ、ドランの家に転移した。


「帰ったぞー。こいつの世話頼む」

ドランは肩に担いでいたカインを、そのままソファーに転がした。

「おかえりなさい、あなた。あら、かなりボロボロになるまでやったのね……」

着ていた服は草や土で汚れ、何度も転がされたことによってボロボロになり、力尽きて意識を失っているカインを見て、ドランの妻は、夫に対して「ほどほどにね」と呆れた笑みを向けた。

「まぁ最初だし、こんなもんだろ」

その後、ドランに部屋まで運ばれ転がされたカインは、疲れでそのまま朝まで起きることはなかった。

日の光が部屋に差し込み、その明るさでカインは目覚めた。

「知らない天井だ」

いつか言ったセリフを口にしながら、起き上がり周りを見渡すと、六畳くらいの部屋にベッドが置いてあり、そこで寝ていた。

「ドラン師匠と訓練してて、そのまま意識が飛んだんだったな」

カインは身支度を整え部屋を出て階段を降り、リビングに行くと、ドランと知らない女性がいた。

そしてソファの上には、白銀色の小さなドラゴンが寝ていた。

「おはようございます」

カインは二人に頭を下げて挨拶をした。

「おはよう。良く眠れたかな？」

カインに声をかけたのは女性だった。

「あ、まだ挨拶してなかったわね。ドランの妻のルリよ。よろしくね」

ルリは身長はカインと同じくらいあり、ドランと同じ銀色の髪を腰まで伸ばした、二十代に見える美人だった。

「初めまして、カイン・フォン・シルフォードです。カインって呼んでください」

カインはルリに頭を軽く下げて挨拶した。

「もうご飯できてるから食べなさい」

「ありがとうございます」

カインはルリに言われるがまま、椅子に座った。

出された料理はとても美味しかった。久しぶりにまともな料理を食べた気がする。

ずっと討伐した魔物を捌いて食べてただけのカインにとってはありがたいものだった。

自然に目から涙が流れていた。

「あら。カインくん大丈夫？」

ルリが心配そうに優しく聞いてきたが、カインは服で涙を拭い笑顔を向けた。

「大丈夫です。四年間森の中でサバイバルをしていたので、久々に美味しい食事ができたのが嬉しかったんです」

「あら、そうだったの。これから修行の間は、うちで過ごすことになるから、毎日食べられるわよ」

ルリは美味しいと聞けたことで微笑んだ。

「ありがとうございます」

料理に関してはとてもうれしかった。食事をしていると、ソファーで寝ていた白銀のドラゴンが、こちらに寄ってきて首を傾げる。まだ一メートルくらいの子供のドラゴンだ。

「キュイ？」

見知らぬ人がいたから興味を持ったのだろう。

「カインだよ。よろしくね」

そう言って、ドラゴンの頭を撫でてやると、目を細めて喜んでいるようだった。

「飯食ったら、さっさと修行にいくぞ」

ドランから声が掛かるとカインは立ち上がる。

「はい！　すぐにいきます！」

そうして、またきつい修行が始まった。


——月日は流れ、一年近くの時間が経過した。

「よし、もうこれくらいで問題ないだろう。俺の修行はこれで終わりだ」

「ドラン師匠、ありがとうございました」

「今日はゆっくりしてから、明日ユウヤのところに行くぞ」

カインは息を荒くしながらも充実した表情で空を見上げた。


翌朝、カインは身支度をし、皆で朝食を囲んだ。

「寂しくなっちゃうわね。またいつでも遊びにいらっしゃい」

「ルリさん、今までお世話になりました。また遊びにきます」

カインは毎日美味しい食事を出してくれたルリに、感謝をし頭を下げた。

「カイン、すまないがこの子を連れて行ってくれないか？　ハクと同じく契約してやってくれ。この子にも広い世界を見せてやりたい」

そう言って、ドランは白銀のドラゴンを抱き上げてカインに手渡す。

「真名はあるが、まだ呼び名はない。カインがつけてやってくれ」

ハクは白いところからとったから、白銀の綺麗な身体に目がいく。

「なら、ギンにする。それでいいかな？」

カインが問いかけると、白銀のドラゴンは「キュイ」と鳴き、そのままカインの頭の上に乗ってきた。一年一緒に過ごしたことにより、ギンとも仲良くなっていた。さすがに一メートルを超えるようになってきたこともあり、頭の上に乗られると重かった。

「ちょっと、さすがに重いよ～」

カインは頭からギンを下ろし、抱き抱えた。ギンは気持ち良さそうにカインの腕の中で丸まっている。

「この子も気に入ったようだな。たまには顔を見せにきてくれ」

ハクの時と同じく契約を行うと、ギンも魔法陣の中で一度は消えたが、召喚《サモン》で呼び出すと再び姿を現した。

「わかりました！　また来ますね。では『転移』」

カインが消えたことを確認し、ドランは一言だけ呟いた。

「我が子のことを頼むぞ」

ドランとの一年間に及ぶ修行を終え、カインはユウヤの元へ戻ってきた。

「師匠！　戻ってきました」

ノックもせずにそのまま家に入っていく。

ユウヤもわかっていたようで、二杯入れたコーヒーの一つをカインに手渡す。

「ありがとうございます」

「まぁ座れや。話したいこともあるしな」

カインはソファーに座り、香りを楽しみながらコーヒーを飲んだ。

すると目の前に座るカインに向かって、ユウヤは神眼をつかった。

鑑定は相手に違和感を与えるが、さすがに神ともなると、相手に気づかせないようにステータスの確認ができるようだ。ステータスを確認したユウヤは満足したように頷き笑みを浮かべた。

「良く頑張ったな。まだ半端だったら、俺が稽古をつけるつもりだったが、もう何も教える必要はなさそうだな。すでに十分強くなっている。ドランの奴も気合いれすぎたようだ。これから教えることは俺の過去のことだ。その前に見てもらいたいものがある」

カインはユウヤの後を追うと家の裏に回り、一面花々で咲き誇っている場所に案内した。

「見てもらいたいのはこれだ」

案内された場所には墓が三つ建っていた。

ユウヤは目でそのうちの二つの墓を指した。

カインは二つの墓の前に立って、そこに彫られている文字を読んだ。

彫られた文字は日本語で書いてある。


『椎名　聖也　ここに眠る』

『椎名　恵　ここに眠る』


「これって……まさか……」

カインは二つの名前に見覚えがあった――カインである前の椎名和也の時に――。

そこに彫られていたのは――死んだ両親の名前。

「お前が思ってる通りだ。俺も聖也も恵も日本で死んだんだ。そして三人ともこの世界に召喚された。俺が勇者として、聖也は聖騎士、恵は賢者としてアーロンと死力を尽くして戦った。その戦いはギリギリでな、それでその時の戦いで二人は命を落としたんだ」

ユウヤは墓を眺め悲しそうな目をする。

「昔の話をする前に、聖也と恵に手を合わせてやってくれないか？」

「……はい」

カインは二つの墓の前に膝をつき、そして手を合わせる。

「……父さん、母さん、事故で死んだと思ったけどこの世界にいたんだね。じいちゃんも俺が死ぬ一年前に亡くなってさ、一人で生活してたけど俺も十七で死んだんだ。通り魔が出てね、女の子が襲わ

れそうで助けたら刺されちゃってさ……。でも、助けた女の子が沙織の妹の愛美ちゃんだったんだ。助けられてよかったよ。後悔はしていないよ。この世界でもさ、神様たちのおかげで人より強くいられるんだ。それで守れる人が増えたと思う。父さんも母さんもアーロンと戦って人々を守ったんだね。封印が解けたら今度は俺が仇を取るよ。まだ時間はかかると思うけど待っててね」

カインの目からは自然と涙が溢れ出た。和也だった頃の思い出が頭の中で蘇ってくる。

この時だけは、カイン・フォン・シルフォードではなく日本人である椎名和也だった。

膝をついたまま、数分間の黙祷《もくとう》が続いたが、最後に涙を拭い立ち上がった。その時の笑顔は今までにないほど爽やかなものだった。

「カインありがとう。二人共な、お前のことをいつも心配して、いつか元の世界に戻れるように必死で調べながら戦っていたんだ」

「……もう一つの墓は？」

カインは気になったもう一つの墓についてユウヤに訪ねた。

「それは……メリネといって、俺の妻の墓だ。最初に俺たちを召喚し、最後まで助けてくれた聖女だった」

「ユウヤさんの奥さんだったら一緒に拝んでおかないとね」

カインは、笑みを浮かべ、メリネの墓の前に行き膝をついて手を合わせた。

「メリネさん、父さん母さんがお世話になったんですね。ありがとうございます」

メリネの墓に向かってるカインに向かって、後ろに立っているユウヤは一言だけ呟いた。

「……ありがとう」

墓に向かって一礼し、二人は無言で家に戻った。

ソファーに座るカインにユウヤはまた新しいコーヒーを淹れて手渡す。

そしてカインの対面のソファに座った。

「……俺たちは、マリンフォード教国の召喚の儀でこの世界に呼ばれたんだ」

ユウヤの昔の話が始まった。

5 アーロンの戯れ

時は数百年前。

——天から一人の少年が、地上の生き物の生活を無言で眺めていた。

——そして地上を眺めながら呟いた。

「——誰も楽しんでいない……。少し楽しい遊びをしようか……」

そしてその存在はいつの間にか消えていた。

――数年後。

「マリンフォード教国は八神の加護がある！　今こそ全世界に教義を広げるのだ」

教皇が教徒たちに熱弁する。

教徒たちは教皇の言葉を何一つ疑わずに頷いている。

「聖騎士たちよ。これからマリンフォード教の教えを広めるために、この世界を統一するのだ」

「「「「「「「「おぉ！！！！！！！！」」」」」」」」

聖騎士と教国の教えを信じる兵士たちが行進していく。

「メリネよ。お主は聖女として、召喚の儀をしてもらいたい。この召喚の宝玉には三百年にわたって魔力が蓄えられてきた。召喚によって勇者が現れることは、法典にも書かれている。――頼むぞ」

「……はい、教皇猊下」

白髪を腰まで伸ばし、真っ白で金糸で彩られたローブを身に着けていたメリネは教皇から宝玉を預かり、祭壇がある部屋に行き宝玉を中央に置いた。

「――この世界は何かがおかしい……なんでみんな争うの……誰か助けて……」

洗礼の儀で聖女と発覚し、今まで教国で育ってきたが、今の教国の状況に疑問を抱いていた。暴走する教皇や、横暴な教義に誰も疑いもしない。盲目的に他国に攻め入ろうとする聖騎士や教徒たちは誰かに洗脳されているのではと思っていた。

そんな思いから涙を流し、助けを求めるようにメリネは祈りながら、魔力を宝玉に込めていく。

「我は望む。この世界を救うものよ――――」

永遠とも言われる祈りとも思える呪文が唱えられていく。

「――八神の加護を持って勇者となるものを召喚する！」

その瞬間に宝玉は部屋を真っ白に染めるほどに光り輝いた。

そして光が収まると祭壇の間には三人の人間が倒れていた。

十代後半に見える男性と、二十代半ばの男性と女性だった。

「あれ？　なんでこんなところに？　バイクに乗っていたはずなのに……」

先に起き上がった一番若く見える男性が呟いた。

「おい、恵！　大丈夫か!?」

二十代の男性は、すぐ隣に倒れている女性を抱きしめていた。

「あれ？　正面からきたトラックは？　私たち助かったの？」

女性は男性の声で気づき、男性に声を掛けながら立ち上がった。

「申し訳ございません。わたくしはマリンフォード教国で聖女をしております、メリネと申します。召喚の儀によって異なる世界からあなたたちをお呼びいたしました」

「「「……え？」」」

いきなり声を掛けられ、声のした方を向くと、とても人間とは思えない美しい女性――メリネが立っていた。

「俺たちは車を運転中にトラックと正面衝突して……」

「僕はバイクに乗っていて事故にあって……」

その言葉にメリネは頷き、言葉を続ける。

「はい、召喚を行う時に亡くなったばかりの魂を呼び寄せました。生きている人は呼ぶことはできませんので……」

「じゃあ僕たちは……」

「あなたたちの世界で何かの原因でお亡くなりになったのだと思います……」

メリネは三人に対して正直に伝えた。

「わたしたちが死んだら……和也は……まだ六歳なのに……」

そう言って、女性は泣き崩れた。

「まずは、部屋でおやすみになってください。落ち着いてから話をいたします」

侍女を呼びつけ三人を部屋に案内した。二十代の男女は夫婦ということで同じ部屋に案内することになった。


そして次の日。

「僕の名前は、平沢優也《ヒラサワユウヤ》だ。苗字がヒラサワで名前がユウヤ」

「ユウヤ様ですね。わかりました」

「俺たちは、椎名聖也《シイナセイヤ》と椎名恵《シイナメグミ》だ。苗字がシイナで名前がセイヤとメグミ」

「セイヤ様、メグミ様ですね」

メリネを囲んだ三人は応接室で話し込んだ。

この世界は数年前から何かがおかしい状態になっており、全ての国が争うようになってしまったこと。

この教国の教皇ですら、同じ考えをしていること。

そして教皇より召喚の儀を行い、勇者を召喚するように指示をうけたこと。

「じゃあ俺たちに戦争に行けってことか……」

「そんなの無理よ。私たちの世界は平和な世界だったし……」

「人殺しなんて絶対できないよ」

三人とも否定的だった。

「皆様はこの世界にきたことで、能力や称号がついておられると思います。それによって普通の人より大幅に高いステータスだと思います。わたくしがこれから洗礼の儀を行いますので」

そう言うと三人を儀式の間に案内し、膝をつかせ、頭を下げさせる。

「ユウヤ・ヒラサワ、セイヤ・シイナ、メグミ・シイナよ。マリンフォード教が称える八神がそなたたちに洗礼を祝う。皆にステータス魔法を授け、道を示したまえ」

メリネが八神に祈った。

「これで終わりです。皆様、『ステータス』と唱えていただければわかると思います」

ユウヤが真っ先に唱えた。

『ステータス』

ユウヤの目の前には半透明のパネルが浮き上がる。

【名前】ユウヤ・ヒラサワ
【種族】人間族　【性別】男性　【年齢】十八歳
【称号】召喚されし者　勇者
【レベル】1
【体力】3，180／3，180
【魔力】4，560／4，560
【能力】S
【魔法】
　火魔法レベル5　風魔法レベル5
　光魔法レベル5　時空魔法レベル5　生活魔法
【スキル】
　鑑定レベル5　アイテムボックスレベル5　剣術レベル5
　体術レベル5　物理耐性レベル5　魔法耐性レベル5
【加護】
　創造神の加護レベル3　生命神の加護レベル3　魔法神の加護レベル3
　大地神の加護レベル3　武神の加護レベル5　技能神の加護レベル3

商業神の加護レベル３

「おぉ。なんか出た。これがステータスか」

「そうです。『ステータスオープン』と唱えると他の人にも見れるようになります」

「なら、俺たちも『ステータスオープン』」

【名前】セイヤ・シイナ
【種族】人間族　【性別】男性　【年齢】二十八歳
【称号】召喚されし者　聖騎士
【レベル】１
【体力】５，２２０／５，２２０
【魔力】２，０９０／２，０９０
【能力】Ｓ
【魔法】
　火魔法レベル３　　風魔法レベル３
　光魔法レベル５　　時空魔法レベル３　　生活魔法
【スキル】
　鑑定レベル５　　アイテムボックスレベル５　　剣術レベル５

体術レベル5　物理耐性レベル5　魔法耐性レベル5
【加護】
創造神の加護レベル3　生命神の加護レベル5　魔法神の加護レベル3
大地神の加護レベル3　武神の加護レベル5　技能神の加護レベル3
商業神の加護レベル3

【名前】メグミ・シイナ
【種族】人間族　【性別】女性　【年齢】二十八歳
【称号】召喚されし者　賢者
【レベル】1
【体力】1，180／1，180
【魔力】5，920／5，920
【能力】S
【魔法】
火魔法レベル3　風魔法レベル5　土魔法レベル5　水魔法レベル5
光魔法レベル5　時空魔法レベル5　生活魔法
【スキル】

鑑定レベル5　アイテムボックスレベル5　体術レベル2
物理耐性レベル3　魔法耐性レベル3

【加護】
創造神の加護レベル3　生命神の加護レベル3　魔法神の加護レベル5
大地神の加護レベル3　武神の加護レベル3　技能神の加護レベル3
商業神の加護レベル3

「私も出たわ。私は賢者だって……」

「俺は聖騎士だ」

「僕、勇者……」

三人ともステータスを見せ合った。

「それだけのステータスがあれば問題ありません。あなたたちにお願いがあります」

メリネが三人にお願いする。

「戦争に行けっていわれても嫌だよ？」

真っ先にセイヤが断った。

「……違います。あなたたちは、このまま教国を脱出していただき、その目で何がおかしいのか見てもらいたいのです。そしてできれば……その間違った世の中を直していただけたら……」

「――そんなことしたら、あなたの立場がまずいんじゃないの？」

メグミがメリネに気を遣うがメリネは首を横に振る。

「……いいのです。今のこの世界は何かに洗脳されたようにおかしくなっています。それを突き止めなければ……。皆様には冒険者になっていただき、その原因を突き止めてもらいたいのです。そして出来れば――」

「冒険者か……それなら僕でもできるかも」

ユウヤは若く勇者としての称号を得たことで乗り気になっている。

「いきなりは出来ないと思いますから、剣術や魔法をこの教国で訓練してください。教官もつけるので、この世界のことを学んで欲しいのです」

メリネが頭を下げて懇願する。

「それならな……。もしかしたら、元の世界に戻れる方法も見つかるかもしれないし……」

「そうよね……。和也一人に……。おじいちゃんがいるから大丈夫だとは思うけど……」

そうして、この世界での訓練がはじまった。


教皇の執務室は金銀に彩られ豪華な部屋になっている。その中で教皇とメリネが向かい合って座っていた。

「教皇猊下、三人の勇者たちは、この先の戦いのために、訓練を始めました。多少慣れてきたら冒険者になっていただき、実際の戦いを身に付けるように助言しております。召喚される前にいた世界では、戦いと無縁の生活を送っていたそうですが、勇者の称号を得たことによって前向きになっております」

「うむ、よく説得してくれた。これでこの教国が世界統一する日も近くなるであろう。ただし、まだ勇者の存在が知れるのは早すぎる。街で冒険者として生活させるようにするのだ」

「わかりました、教皇猊下。街で生活できるように手配いたします」

メリネが了承すると、教皇は怪しく笑った。


三人は基本的な訓練を終えると冒険者になり、教国の手筈通り城下町で暮らすことになった。定期的に教会本部からの指示は出ていたが、主な指示はレベルを上げることだった。

レベルを上げるために討伐系の依頼をこなしていくことになった。最初は、魔物との闘いに対して恐怖に怯えていたが、人間離れしたステータスを持ち順当にレベルが上がっていくと、その気持ちも次第に薄くなっていく。半年も経過すると討伐に対しての畏怖はなくなっていた。もちろん魔物だけでなく盗賊の討伐も行われた。

盗賊の討伐が初めて行われた時は、三人ともナーバスになり、依頼を受けることができなかった。日本人が忌みしている人殺しを経験したから致し方なかった。

しかし、それを乗り越えて三人は成長していった。

「なんだか、冒険者家業にも慣れてきたな……」

ユウヤがギルドで食事をしながら呟いた。

「本当の目的のためにはまだまだ頑張らないと……せめてAランクまで上がらないと自由に動けないわ」

メグミの言葉に二人は深く頷いた。


さらに一年の月日が流れた。

この一年で三人は冒険者ランクをSまで上げていた。冒険者としてSランクは最上級となっており、城下町の冒険者ギルドでも三人は有名となっていた。高い成功率と難易度の高い討伐を繰り返すことで、名前が売れるのには時間はかからなかった。

そんなある日、人目を避けるようにメリネが三人の元を訪れた。

「皆様よろしいですか、教皇猊下には依頼と伝えておきます。まずは北上すると都市国家がいくつもあるイルスティン連邦があります。そこに行けば、教会の勢力が弱まります。だから何かと動きやすいと思います」

メリネの言葉に三人が頷く。

「わかった、色々と世話になったな、メリネ」

「今までありがとうな、メリネ」

「メリネ、ありがとう」

三人はそれぞれ順にメリネと握手をして感謝の気持ちを述べた。そして討伐依頼として街を出て、そのままマリンフォード教国から脱出したのだ。


三人は途中の街で小型の幌付馬車を購入し、イルスティン連邦へと向かった。マリンフォード教国からイルスティン連邦までは馬車で二週間程度の距離にある。

「それにしてもなんで他国だからってこんなに争う必要があるんだろうね……自由な思想があってもいいと思うのに……」

「メリネも言っていたけど、教皇を含め国中が何かに洗脳されたような感じになってるよな」

メグミの言葉にユウヤが同調する。

「もうちょっとでイルスティン連邦の都市につくぞー」

馬車の御者をしているセイヤが声を上げると、二人とも荷台から顔を出す。視界の先には高さ数メートルの石壁に囲まれた街が見えた。

「おぉ!! やっと着いたか」

「検問終わって街に入ったら、少し教会でお祈りしていかない？ 無事に国を抜けられたことに感謝しに」

メグミの提案に二人が頷いた。

街の入口では入国するための検問が行われており、冒険者ギルドに所属している三人はギルドカードを提示し、門を潜っていく。その際に門兵にお勧めの宿を聞き、その宿を予約し馬車をおいてから教会に向かった。


入口でシスターにお布施を渡し祭壇に向かうと、三人で並んで膝を突き祈る。

「神さま、わたしたちを見守っていてください。そしていつか――」

三人が祈った瞬間だった。

その瞬間、全員の視界が真っ白な空間に包まれたのだ。

一瞬の出来事に何が起きたのかわからず、三人は警戒した様子で周りを見渡した。

だが見渡しても何もない――ただ真っ白な世界だった。

「すまんな。いきなり呼び出してしまって」

いきなり声が掛かり、驚いた三人は声のする方を向くと、そこには大きなテーブルと椅子に座った七人の男女がいた。

「そこまで緊張しなくてもいいぞ。そこの空いてる席に座ると良い」

真ん中に座っている老人が声を掛けてきた。

三人は警戒しながらも勧められるがままその椅子に座った。

「まずは……自己紹介をしようかのぉ。わしはゼノムじゃ。創造神ゼノムといえばわかるかな。ここにいるのは他六神だ、一人いないがな……」

ゼノムは一つ空いた席を寂しそうに眺めながら、説明を始めた。

突如白い光に覆われて、そして目の前に現れたのが創造神を始めとする神々と聞いて、三人は目を大きく見開き驚いた。

「まさか……神と実際に会うことがあるなんて……ぼ、僕は、ユウヤ・ヒラサワです」

「セイヤ・シイナです。隣にいるのは妻のメグミです」

「メグミ・シイナです」

三人が自己紹介を終えると、ゼノムは髭を撫でながら頷いた。

「うむ、この世界に召喚された時よりそなたたちのことは見ておった。召喚されし勇者たちよ。そなたたちに頼みがあってここに呼ばせてもらったのじゃ」

ゼノムが話し始めた。

「実はな、この世界の混乱は一人の神がしでかしたことなのじゃ。名前を遊戯の神アーロンという。まずこの世界にはのぉ、あまり娯楽がないのじゃ。それでじゃ、遊戯の神であったアーロンが、娯楽のために人々に神託をおろしたのはよかったのだが……、何を血迷ったのか方向性を間違えて地上の人々を戦争へと進ませてしまったのじゃ。儂ら神々は死を超越している。そして人は死んでも輪廻で生まれ変わっていく。アーロンは人の死に関して何も感じない。地上の混乱に気づいた儂らが神の資格を剥奪したのだが、アーロンはそのまま地上界に堕ちたことでさらにひどい精神状態になってしまったのじゃ。しかも遊戯の神という称号は剥奪されているが、能力はそのまま持っておってのぉ……。普通の人間には相手はさせられん。周りを見てわかったであろう、ここの人々に潜在的に植え付けられている感情を……しかも地上に降りてしまっては儂らでは直接手出しできん。それで君たちに頼みたいのじゃ」

　創造神はテーブルに手をついて頭を下げた。

　それにならって、一緒に並んで座っていた神々も頭を下げる。

「僕たちで……そ、その……神であるアーロンを止められるのでしょうか……」

　ユウヤが神々に対し緊張した様子で問いかけた。

「それに俺たちがやる必要があるのでしょうか……。できれば妻と調べ物をしながら過ごしていきたいのですが……」

　セイヤも神々へと質問をした。

「今、この世界にいる人々では、アーロンの洗脳には勝てん。アーロンの洗脳に勝てるのはそなたたちだけだ。ただ、今の君たちのレベルのままでは無理だ。さらに上げてもらわないと傷すら負わせることはできん。儂たちはそのための協力は惜しまない」

「私たちの加護を最大限まであげるわ。それで成長もぐっと伸びる。そして武器と防具も用意する。だからお願い。アーロンを止めて欲しいの……」

　神々の一人、大地神ベラが悲しそうな表情をして三人に再び頭を下げる。

「それと、君たちでもアーロンを止められないかもしれない。だから、念のために封印石を用意しておいた。弱ってきたところでこの封印石を押しあて、呪文を唱えればアーロンは封印される」

　技能神グリムがそう言って、手の平に乗るくらいの石を手渡してきた。

「俺からは武器と防具を渡そう」

武神サーノスは空間から日本刀のような刀と、剣、鎧、盾を出してきた。

「メグミは賢者だから私が渡すわ」

魔法神レノが杖とローブを出す。

「これらの武器や防具は神具となっておる。特に武器は強力すぎるから気をつけるのじゃ」

「修行の場も用意しておる。こちらの世界とは時間軸がずれておるからの。そこの世界で一年修行しても数分しかこの世界では時間が進んでおらん。そこで修行するが良い」

ゼノムが手をかざすと何もないところに扉が現れた。

「三人とも、申し訳ないが頼んだぞ……」

「「「わかりました」」」

そうして、三人は扉をくぐって修行の場へと向かった。


創造神が創った世界にどれくらい居たのだろう。

ゼノムからは身体の成長は止めておくと言われてたおかげで、三人の外見的な成長はない。ただひたすら魔物を倒していく日々を過ごしていた。

森の入り口に聖域で覆われた家が用意されており、魔物は侵入してくることはなかった。そこを拠点として魔物を倒してレベルを上げることに専念した。

三人はどれだけの魔物を相手していたかわからないほどの戦闘を繰り返していた。

それでも本当に神と同等の力を持つアーロンに勝てるのかという不安から、ひたすらレベルを上げていった。

三人の修行のために用意された世界は、ゼノムが特別に用意した世界であった。家の周りにはSランク程度の魔物から始まり、離れていくと次第に魔物のランクもあがっていく、まさに修行にうってつけの世界であった。また、その世界で用意された一番強い魔物は、今までいた世界にはいないほどの強さをもっていた。

そんなことを知る由もない三人は、何度も死線を乗り越えながらも強くなっていったのだった。


そして三人が修行を終え、この世界とを繋ぐ扉を開けて出てきた。

扉を開けたつもりが気付いたら目の前には八柱の神像が並んでいる。

なんといつだったか忘れたくらい過去にあった、イルスティンの教会で膝をつき祈っている状態だったのだ。

「「「これは……」」」

三人は目を合わせ無言で頷いた。

神が創った世界で修行していた時間は、教会で祈っている時間ほどしかなかったのだ。

無言のまま三人は教会を後にし、予約してあった宿屋の部屋へと戻る。

部屋に置いてあるテーブルを三人で囲みメグミが最初に口を開いた。

「――あれは夢じゃないよね……」

「夢じゃないと思う。ほら……」

メグミの問いにユウヤはそう返した。そして神からもらった日本刀のような剣をアイテムボックスから出した。

「やはりそうだったか、俺のアイテムボックスにも鎧一式と剣が入っていた」

「――やはり私たちがやらないといけないのね……」

そうして三人のアーロンを倒すための旅が始まった。


数年間この世界で旅を続け、情報を集めながらアーロンの場所を探していく。

そしてついにアーロンのいる場所を突き止めた。


今、目の前には十五歳くらいに見える少年が一人で立っている。

真っ黒な髪に血が通っているのかわからないほど透き通った白い肌、腰から細めの剣を二本ぶらさげ、そして真っ黒なローブを纏っている。

その少年の周りには、アーロンを神と讃え崇拝する邪教の信徒たちが倒れていた。

「――アーロン……これでもうお前一人だ。覚悟はいいか」

セイヤとユウヤがアーロンに向かって剣を向け、後ろではメグミが杖を構えている。

「フンッ。三人で雑魚どもを倒したからって調子にのるなよ。堕ちたとしてもこれでも神だ。お前らごとき人間では相手にならんな」

周りで倒れている者たちなど関係ないと、アーロンは邪魔だとばかりに信徒を蹴り上げた。

「お前！　邪神と言われていても、それでもお前の信徒だろう⁉」

「僕が求めているのは信徒じゃない。破滅なんだ。減ろうが増えようが関係ない。こいつらの勝手な妄想だろう？」

アーロンの言葉に三人の表情は怒りに染まる。

三人は少しずつ近づいていき、お互いの距離が十メートルとなった時、ユウヤとセイヤは一気に攻め寄っていった。

メグミの強化魔法をかけてもらい、目に見えないスピードで向かっていく。

アーロンは両手に二本の剣を持ち立っている。

ガキッ！

二人が繰り出す目に見えないほどの速さの剣技を二本の剣で難なく受け止める。そして振り払うとセイヤとユウヤの二人は弾かれたように吹き飛んだ。アーロンはつまらなそうに自分の手に持つ剣の刃先を眺めた。

「——今までの相手で一番速かったけど、所詮こんなもんか……」

つまらなそうな表情をしたアーロンはため息をひとつ吐いた。

「まじかよ……」

着地したユウヤはそう呟いた。三人は長い間修行を行い、人間の域をすでに超えており、勇者として恥じないステータスを持っていたが、アーロンの前では手も足も出なかった。

「あんだけレベルあげるために修行してきたのに、まだこれだけ差があるのか……」

「そんなこと言っても仕方ないわよっ！」

メグミから檄が飛んできた。

『獄炎地獄《インフェルノ》』

メグミがアーロンに超級魔法を放つ。

炎の渦がアーロンを巻き込んでいく。だが次第に薄れていき炎が消えたあとには、先ほどまでと何一つ変わらないアーロンが立っていた。

「これでもなんともないなんて……」

三人とも悲壮感にかられていた。

「――もう遊びは飽きたから終わりにしようか。君たちなかなか強かったから――少しだけ楽しめたよ。所詮、人程度だったけどね」

にやりと笑うアーロンは剣を三人に向けた。

その時、後ろから馬の蹄の音が聞こえてくる。

「みなさん、手伝いにきました！」

三人が振り返ると、馬に乗り先頭を走り叫ぶ聖女メリネの姿があった。

そしてその後ろから冒険者たちが後を追ってきた。

メリネの後を追う冒険者たちには、見覚えがあった。

三人が旅をするにあたって同じ依頼を受けたり、酒を飲んだりした仲間たちだった。

世の中の人々全てが洗脳されているわけではないと、旅を通じて知っていた。そんな冒険者たちが三人を助けるためにやってきたのだ。

「よう！　久々だなっ!!　手助けしにきたぜっ！」

仲間たちの姿を見た三人からは、いつの間にか悲壮感が消え、笑みが生まれた。

「少しでも手助けできると思って、冒険者の方たちに声をかけさせてもらいました。集まっていただいたのはこれだけですが……」

先頭を走ってきたメリネが近くに寄って、三人に回復魔法をかけた。

三人は目を合わせると、顔を引き締め頷く。

「これで余計に負けるわけにはいかなくなったな」

ユウヤがアーロンに剣を向けながら呟いた。

「人数が増えても何も変わらないよ。所詮人だろう？」

アーロンは余裕の表情をしながら剣を弄んでいる。そしてその剣を一振りすると、暴風が起き冒険者たちを襲っていく。

神の用意した装備を身に着け、長い修行の間で特訓をした三人でも敵わないのだ。普通の冒険者では敵うはずがない。

アーロンの繰り出した剣による暴風によって、冒険者たちが次々と空を舞っていく。

「みんなをやらせない……『限界突破《オーバーロード》』」

セイヤは自分の限界を超えた力をもってアーロンに挑んでいき、剣を渾身の力で振りぬいた。

余裕の表情をしていたアーロンの頬に一線の傷ができ、そこから赤い血が流れていく。セイヤの剣撃がアーロンを傷つけたのだ。

「なんとかなるぞ！　ユウヤ頼む」

ユウヤも限界突破《オーバーロード》を使いアーロンに斬りかかる。

限界突破《オーバーロード》を使った二人の攻撃は、次第にアーロンを押し始めた。

「この人間《雑魚》どもがっ！　調子に乗りやがって！」

アーロンが全方向に殺気を解き放つ。

メリネを含む四人以外の冒険者たちはそれだけで動きが止まり、泡を吹いて白目を剥き倒れ始めた。

「メグミ！　みんなの回復を頼む」

メグミは攻撃をユウヤとセイヤにまかせ、メリネと二人で次々と吹き飛ばされて重傷を負った冒険者たちを回復魔法で回復させていく。

ユウヤとセイヤの二人の攻撃がひたすら続き、次第にアーロンの傷が増え血塗られていった。

そしてユウヤの渾身の一撃が、アーロンの肩から腰へと一閃された。

「ま、まさか人間どもに……」

そう言って、血を噴き出してアーロンは前のめりにゆっくりと倒れていった。

「やったのか……」

限界突破《オーバーロード》を使い、身体を酷使したユウヤが剣を杖代わりにしてそう呟いた。

――その瞬間だった。

アーロンの片手があがり、魔法で出来た真っ黒な剣が、冒険者たちの回復をしているメリネに向かって放たれた。

「⁈ ……あぶないっ！」

近くにいたメグミがメリネを突き飛ばした。

そしてその魔法の剣が庇った――メグミの胸を貫いた。

「グハッ」

口から血を吐き、そのままメグミが力尽き倒れていく。

驚きの表情をしたメリネがメグミに駆け寄っていった。

「メグミ様！　回復を……もう……私にも魔力が……ヒール！　なんで治らないのっ⁉」

一生懸命に回復魔法を唱えようとするメリネの手をメグミがゆっくりと握った。

「もう、魔力空でしょ……私もよ……」

ユウヤとセイヤがメグミに駆け寄ってくる。

「メグミ！！！　しっかりするんだ！！！」

セイヤは倒れているメグミを抱きかかえた。

「セイヤ……ごめん……もう無理みたい……和也に会えたら謝っておいて……」

その一言だけ残し、メグミは目を瞑り力なく崩れ落ちそのまま息絶えた。

「ぐあぁぁぁぁあああああああああ！！！！！」

セイヤがメグミを抱きしめながら天に向かって叫んだ。

「メグミ様……私をかばったばっかりに……」

「メグミさん……」

ユウヤもメリネも手で口を押さえ、涙を流している。

「フフフ……そんな余裕があるのかな……」

その瞬間、倒れていたアーロンが笑みを浮かべながら立ち上がった。先ほどまでの傷がなかったかのように無傷の状態となっていた。

メグミをそっと寝かせたセイヤは、剣を取り立ち上がった。

「ユウヤ、あとはまかせたぞ……」

アーロンを見るセイヤの目は、怒りに震えている。

「アーロン！　お前だけは許さない！！！　『限界突破《オーバーロード》』」

セイヤの身体は真っ白な光に包まれた。神々しいまでの明るさを放っていた。

「こ……これは神格化⁉」

その光に包まれたセイヤを見てアーロンにも焦りが見えた。額からは汗が一筋ながれている。

剣を向け一直線にアーロンの目にも追えないスピードで向かっていき、アーロンの腹を剣で突き刺した。

「今だユウヤ‼　封印を！！！」

――その瞬間、セイヤの背中から真っ赤に血塗られた手が生えてきた。

アーロンの手刀がセイヤの身体を貫いたのだ。

「グフッ。お前のことは放さねぇぜ」

身体を貫かれてもなお、持っている剣でさらにアーロンの身体を深く突き刺していく。

「セイヤさん!!!」

セイヤはアイテムボックスから神からもらった封印の宝玉を手にし、アーロンの胸に押し当てた。

「ユウヤ! あと、任せた……」

「なんだこれはっ! も、もしかして……お前らじじいどもの使徒か!?」

「はい! 我望む。天から降りしその邪悪な魂よ。その宝玉に宿れ『封印』」

その瞬間、宝玉が光り始め辺り一面を真っ白に染め上げた。


――その瞬間、そこにいる全員が圧倒的な光で視力を一瞬失った。


少しの時間が経ち、次第にそこにいたものたちの視力が戻ってくる。

そこにいたのは、倒れたセイヤと、その横で膝をついているユウヤだった。

真っ白だった宝玉は黒色に濁り、一つだった宝玉は、大きい宝玉一つと小さい宝玉の欠片四つに分かれて転がっていて、そこにアーロンの姿はなかった。

「やったか……。あ、セイヤさん!!」

ユウヤは倒れているセイヤを抱きかかえた。

「よ、よくやった……ユウヤ……。頼む、あとは任せたぞ……出来れば墓はメグミと一緒にしてくれ……」

一言だけ残すとセイヤは目を閉じ息絶えた。

「セイヤさーーーーん！！！」

亡骸となったセイヤを抱きかかえてユウヤは大泣きした。

メリネと冒険者たちはその姿をただ眺めていることしか出来なかった。


アーロンが封印されたことにより、世界にまかれていた洗脳魔法は全て解けていた。

ただ、洗脳されていた国の上層部たちは、洗脳されていた時にした事の記憶がまだ残っていた。

それが影響し、大規模な戦争は起きなかったが、国境の小競り合いだけは続く形となっていた。

アーロンの封印が終わったユウヤは、封印した宝玉を誰にもわからないように世界各地に隠した。

そして勇者としての役目を終え、各国を牽制するために中央にある緩衝地帯に小さな村を興した。

国の始まりともいえる一番最初のエスフォート村だ。

共に戦った冒険者たちも、メリネと共に新たな村に住むことになった。

その後、ユウヤはメリネと結婚し、村から街へ、そして国へと次第に大きくしていった。

ユウヤの持っていた異世界の知識をフル活用したことにより、発展のスピードは著しいものであった。

ただ、大きくなっていくにつれ、他国からの侵攻は幾度もあった。

他国からの宣戦布告があると、その都度、ユウヤを筆頭にその場にいた冒険者たちで返り討ちにしていった。

敗戦した国家はユウヤの興したエスフォート王国から手を引き始め、次第に国と認められるようになった。ただ、ユウヤには誰にも言えないことがあった。

この時、すでにユウヤは人ではなかったのだ。

何気なくステータスを見たときに気づいたのだが、種族が神族となっていたのだ。

歳を取ることのないユウヤは、メリネとの間に子をもうけ、その子供が二十歳になったときに王位を譲った。

表向きは死んだことにして――。

そして、この魔物の森の奥深くの場所でセイヤとメグミの墓を作り、メリネと二人で余生を過ごした――。

「そうして、そのうちに俺は創造神として別の世界を興すことになったんだ」

最後にユウヤはコーヒーに口をつけて物語を締めた。

数分の時を二人は無言で過ごしていた。

「――父さん母さんも頑張ったんですね……。もし、アーロンが目覚めたら次は僕が相手します」

「うむ。その時は頼むぞ……。そういえばカイン、お前数年こっちに来てるってことはあっちの世界では数日いないことになっているけど――平気なのか？」

ユウヤの一言でカインは現実に引き戻される。もう何年もこの世界にいたことで時間を気にしていなかった。

「あっ！！！！！！！！！！ まずい……家ではシルビアも怒ってるだろうし、学園もサボってるからテレスとシルクから何言われるか……すぐ屋敷に帰ります！」

「ちょっと待て！」

急いで帰ろうと荷物を纏めるカインをユウヤは引き止めた。

「なんで止めるんですか？ 早く帰らないと……」

「――お前、こっちに五年いたんだぞ？ 外見十七歳のままで戻るつもりか……」

自分の手足を見渡し、引き締まった身体を確認したカインは青ざめた。

「あぁぁぁぁ！！！ それはまずいですっ！！！！ 学園行けなくなる!!」

頭を抱えて悩むカインにユウヤは笑って話しかけた。

「ちょっと待て、戻してやるから。ステータスは変わらないが外見は戻すことは可能だ。一応この世界の創造神だしな」

絶望の中で希望の光を見つけたような表情をするカインに、ユウヤは笑みを浮かべる。

「是非お願いします！」

カインはユウヤに頭を下げた。

にやりと笑ったユウヤがカインに手をかざすと、カインは光に包まれていった。

光が消えると、ここに来たときの十二歳の姿に戻っていた。身長も小さくなり、短くなった手足の動きを確認したカインはほっとした表情をした。

「おぉ、これで帰れます！　師匠、ありがとうございました！」

「いつでも遊びに来いよ。修行もつけてやる。あ、この剣と手紙を持っていけ。今代の王に手紙を見せればわかる……はずだ」

ユウヤから手渡された剣と手紙を受け取り、鞘から一度引き抜いてみると、日本刀のように片刃で少し反っていた。七色に光る刃を確かめてから納刀し、手紙と一緒にアイテムボックスに仕舞う。

「俺が昔使ってた剣だ、じじいどもから借りた武器はもう返してしまったからな。日本刀に似せて作ってみたんだ。これからその武器を使うといい。相当に切れるぞ」

「ありがたくいただきます。また遊びにきますね。それでは……『転移』」

ユウヤが見送る中、転移魔法でカインは消えていった。

「まったく賑やかなやつだったな。それにしてもあそこまで成長してるとはな……ドランも育てすぎたか……あとで自分のステータス見てどんな表情するかな」

ユウヤはにやりとしながらお代わりのコーヒーをカップに注いだのだった。

カインは屋敷の近くに転移した。焦っていたから王都の門で受付などする気もなかった。

この世界では数日だったかもしれないが、カインは五年間の修行を終えて帰ってきたのだ。

自宅の屋敷を外から眺め、やっと帰ってきたんだと実感しながらも、屋敷の扉をそっと開けて中のロビーを覗きこんだ。

「――ただいま……」

小声でつぶやきながらホールに身体を滑り込ませると、ホールには、なぜかコランやシルビアが数人の騎士を含めて円になり話をしていた。何かあったのかと思い、その円の後ろに入っていく。

「本当に王都内と王都の周りを探したんですか！　必ずどこかにいるはずです。探してください！」

シルビアが鬼気迫った勢いで騎士たちに指示を出している。

円の後ろ側にいた騎士にカインは聞いてみることにした。

「騎士さん、何かあったんですか？」

「カイン男爵が行方不明になったのだ。二日間で帰るといい、家を出てすでに五日が経過している。それで王都内を含め王都の外まで捜索隊が結成されているのだ」

騎士は答えてくれた。

「…………」

カインの額には冷や汗が垂れる……。

「ところで君は誰だね？　ここはカイン男爵の屋敷だ、冒険者としてカイン男爵様の捜索の手伝いにきたのかね？　それなら、そこにいる家令のコラン殿に尋ねるといい」

騎士が丁寧にカインに説明をした。その話し声を聞いたのか、コランとシルビアがカインの方を向いた。

――二人の視線が、カインを捉えた。

そして、シルビアは持っていた書類をそのまま落とした。

ブルブルと震えながらもその目からは涙が一筋流れた。

「ガインざまぁぁぁ～～～！！！」

シルビアがカインに飛び込んでいく。カインの胸に頭を押し付けシルビアは泣いている。

気付かずに話していた騎士も、まさか、カイン男爵本人とは思わずに驚いていた。

「よがったですぅ。ふづがでがえるっていっだのにもういづかもがえってこねーがら～」

（よかったですぅ。二日で帰るって言ったのに、もう五日も帰ってこないから）

胸に抱きついているシルビアの頭を撫でながらカインは集まっている騎士たちに謝った。

「皆さん、ご迷惑をおかけしてすみません。無事に帰ってきましたのでご安心ください」

捜索をしてくれた騎士たちにカインは深々と頭を下げた。

「カイン男爵、頭をお上げください。王城の方でも心配する声があがっておりました。さっそく王城のほうに報告に向かいます」

騎士たちは頭を下げ退出していった。

応接室に移ったあと、コランとシルビアの三人で向かい合って座った。

「カイン様、きちんと説明してください。今までどこで何をしていたのですか」

カインは今まであったことを説明することに躊躇した。初代エスフォート国王と一緒にいたとは言えないからだ。

「――グラシア領の魔物の森に行ってたんだけど、そこで迷子になっちゃって……」

カインの説明に二人から冷たい視線が突き刺さる。

「「通用しません」」

「ごめんなさい。それについては、今は説明できません。するなら陛下かマグナ宰相になると思います。それだけ重要なことだったと……二人ともごめん……」

カインは素直にそう言って頭を下げる。『陛下』というその言葉に二人は緊張が走り喉を鳴らした。

「それとお願いがあります。家で召喚獣を飼いますのでお世話もお願いします。肉食なので……」

「「えっ」」

「見てもらえればわかるかと……」

『召喚《サモン》〝ハク〟〝ギン〟』

部屋に魔法陣が出現し、現れたのは大型犬くらいの大きさの白い狼と、同じ大きさの銀色のドラゴンが出てきた。ハクは実際は三メートルほどの大きさまで成長していたが、小さくなれることをファビニールにいたときに確認できていたので、その大きさで出てきてもらった。

「「えぇぇぇぇぇえええ！！！」」

コランとシルビアの二人はいきなり出てきた白い狼と銀色の竜に驚いたが、シルビアはその可愛さに手が伸びていく。

「――かわいい……」

シルビアはそーっと白狼のハクに手を伸ばしていく。

ハクはそっとカインの後ろに隠れた。もちろんギンもだ。

「あっ……」

シルビアは悲しそうな顔をして、伸ばした手を戻していった。

「この子たちをうちで育てる予定です」

「カイン様、この二体の種類は……」

「それは聞かないでください……。ハク、ギン、二人ともシルビアの言うことを聞くんだよ」

「ワゥ」「キュィ」

二体とも返事をした。

「ハクもギンも頭がいいから、言葉を理解しているよ。手間はかからないはず……？」

「わかりましたカイン様」

二人共了承してくれたみたいでカインも胸を撫でおろす。

「あ、そういえばカイン様」

「うん？　どうしたの？」

コランが思い出したように話し始めた。

「テレスティア王女殿下とシルク様がかなり心配なされてると……学園も休んでますし。学園が終わってから毎日お二人がお見えになっていました」

「あ……」

カインは背中に冷たいものを感じた。

「近日中に王城から呼び出しもあると思いますし、よろしくお願いします」

「コラン、それはちょっと実家に行ってたとかいってごまかせないかな……」

「残念ですが……捜索するための騎士様もテレスティア王女が手配いたしましたので、それは無理かと。かなりの人員がカイン様を探すために割かれたと聞いております」

コランの言葉に怒られることを覚悟したカインであった。


次の日、朝から普通に登校するとさっそくテレスティアとシルクの二人に捕まった。

「昨日捜索隊の騎士から聞きました。カインさま、どこに行ってたんですかっ⁉　本当に心配したんですよ‼」

「カインくん、学校休んでどこに行ってたのかな？　とりあえずそこに——正座しようか」

二人から怒涛《どとう》の如く質問責めに遭い、テレスティアにおいてはどれだけ心配したかを延々と説明され、ついには途中で泣き始めてしまった。

魔物の森で迷子になって、魔物の森の中にあった小屋で狩人に数日間世話になり、帰路を探していたと説明した。

「魔物の森は見たことがないですが、強い魔物がいっぱいいるんですよね？　そんなところに人が住んでいるなんて……」

説明が終わると二人とも魔物の森に興味津々だった。そこに住んでいるのはテレスティアの先祖だったがさすがにそれは言えなかった。

「家に飾ってあるレッドドラゴンも魔物の森で見つけたんだよ。その人も強くて少し修行をつけてもらっていたら、つい居座っちゃって」

「お父様は心配はしておりませんでしたが、戻ってきたらすぐに王城に来るようにと言ってましたわ『あいつめ次は何をやらかすつもりだ』とも言っておりました……」

「……学園終わったら帰りに王城に行きます……」

がっくりと肩を落としたカインは、その日、憂鬱になりながら授業を受けた。特に授業が終わりに近づくにつれ気持ちが落ち込んでいく。

「このまま家に帰りたい……」

もちろんそのまま帰れるわけがなかった。テレスティアの馬車に強制的に乗せられ、両隣をテレスティアとシルクに挟まれた状態で王城へと向かう。

「それではお父様のところに行きましょう」

もう常連化した応接室に案内され、用意された紅茶を飲む。このまま帰りたい気持ちを抑えつつ国王が来るのを待った。

少し時間を置き、国王とマグナ宰相の二人が部屋に入ってきた。

「おっ、カイン、やはり無事だったか。心配はしておらんかったが、テレスが心配してオロオロしておったぞ。お主どこ行ってたのじゃ？」

カインは説明をする前に、両隣に座っているテレスティアとシルクに視線を送った。その意を察してか、国王は二人に一時退出するように命じた。

「カイン様……私たちには話せないのですか……」

寂しそうな表情をする二人には頭を下げて謝り、後日、埋め合わせをするということを話すと、機嫌が良くなった二人は部屋を退出していった。

その会話を聞いた国王は、二人が退出したことを確認すると口を開く。

「国王の前で、堂々と娘をデートに誘うとは、いい根性しているな？　まぁいい。それでお主は何をしていたのじゃ？」

「それがですね……。ゼノム様からの指示である人に会いに行っていました」

創造神の名前を出したことに二人が目を見開く。そしてカインは手紙をアイテムボックスから出してテーブルの上に置いた。

「そのとある人から陛下に手渡すように頼まれました……」

国王は受け取った手紙の封印をしている印を見て固まった。

「カイン、これはエスフォート王家の印だぞ。これを押したのは……」

印を外し、封筒から数枚の紙を取り出し中の手紙を読み始めた。

読み進めていくと国王の顔色が次第に青く変わっていく。

全て読んだ後、真っ青な表情をした国王が手紙をマグナ宰相に渡すと、読み始めた宰相も同じく顔色が変わっていた。

「ま、まさかそんな……。カイン、お主、初代様と一緒にいたのか……しかも神となられているとは……」

「そんな……ありえない……」

「……はい、そのとおりです。初代様は別の世界を創造し、新しくその世界の創造神となっておられました」

カインは肯定し頷く。

そして手紙と一緒にもらった刀をテーブルに出した。

「これは……まさに、初代様が使われていたと云われてるカタナというものだな」

「はい、初代様からいただきました」

一度鞘から引き抜き刃を見せた後、納刀し、アイテムボックスに仕舞った。

「初代様は、お主には使命があると書かれておる。それは言えることか？」

国王の言葉に対してカインは首を横に振った。

「陛下、申し訳ありません、その使命については今は話せません。まだその時ではありませんし、私自身でも何もわかっておりません。でも話すときはきっと――」

カインと国王の視線が交差すると、その瞬間に国王は頬を緩ませフゥーと息を吐いた。

「――わかった……。これ以上は聞かないこととする。初代様がお主に修行をつけたと書いてあった。どうだったのじゃ？」

「それは勿論、本当にきつかったですよ。凶悪な魔物が徘徊する森を踏破しろとか、毎日ひたすら倒れるまで模擬戦とか……五年間、昼夜問わず修行させられましたからね」

カインは流れでいつものように話す。

「――お主……。今、何と言った？　五年と言ったな？　どういうことだ……!?」

「あっ！！！！！！！」

国王の何気ない誘導尋問に自分が言ってはいけない話をしてしまったことに、焦った表情をする。

「ちょっと詳しく聞こうか……」

にやりと笑う国王にカインは冷や汗をかいた。

いつものとおり、ちょっと抜けているカインと、怪しい笑みを浮かべた国王であった。

6 再開と再会

連日行われた説教も無事に終わり、休日を迎えたカインは久しぶりに冒険者ギルドに顔を出した。屋敷を出るときにシルビアからは、同じようなことを起こさないようにきつく注意され、必ず帰ってくることを約束したことで、外出する許可をもらえた。

扉を開けてホールに入ると、昼前だということもあり、冒険者はほとんどおらず受付も閑散としていた。

受付嬢のレティアがいたのでカインは声を掛ける。

「レティアさん、お久しぶりです。何かいい依頼ないですかね……」

いきなりAランクに上がってしまった上に、討伐依頼以外受けたことがなかったことからレティアにお勧めの依頼を聞くことにした。

「あっ、カイン様お久しぶりです。依頼ですね、その前にカイン様が来られたらギルドマスターが会いたいと言われてましたので確認させてください。そちらにお座りになって少しお待ちくださいね」

レティアは他の受付嬢に言付けをして、奥へと入っていった。カインは空いている椅子に座って待っていると、数分でレティアが戻ってきた。

「上のフロアにギルドマスターがおりますので、ご案内いたします。こちらへどうぞ」

レティアの後を追って階段を上り、ギルド職員以外立入禁止と書かれている扉を開け中へと入る。

ギルドマスター室は三階の一番奥にあり、入口は他の扉とは違い立派な扉だった。

「ギルドマスター、カイン様がお見えになりました」

「入っていいよ～」

レティアがノックしてカインが来たことを告げると、部屋の中から声が届いた。

レティアが扉を開け、カインに部屋に入るように促す。

カインはそのまま部屋に入っていき、案内されるままソファーに座った。

「今、紅茶を用意いたしますね」

そう言ってレティアは部屋を出ていくと、執務机で書類の確認をしていたエディンが作業を止めカインの対面に座った。

「カインくん、随分久しぶりだね。まぁそこに座ってよ。なかなか依頼を受けにきてくれなかったから心配してたよ」

「エディンさんお久しぶりです。学園に入学したのでなかなか空く日がなくて……」

「まぁ仕方ないよね。実は、前に話していた盗賊の討伐をしてもらいたいんだよね。一応Aクラスは経験があるってことになっているからさ」

「前に言ってましたね、それでどこに出るんですか」

その時、扉がノックされレティアが紅茶を運んできた。

「お待たせいたしました」

二人の前に紅茶を置いていく。

「レティア、例の盗賊の資料持ってきてくれるかな」

「はい、わかりました」

レティアは頷くと再度、部屋を出て行く。

「今資料を持ってきてくれるから、それから説明しようか」

数分後、レティアが依頼書と資料を持って部屋に入ってきた。

「これが資料なんだけどね、この盗賊団はちょうどグラシア領から王都にくる途中に出没するんだ」

そう言って、エスフォート王国の地図を広げ、今までに襲撃が報告された場所をチェックしていく。

「十人規模の盗賊団なんだけど、平気かな。って聞くだけ野暮か。実力は問題視していないけど、やはり人を殺せるかどうかだよね……」

エディンはやはりそこが心配なようだった。十二歳になったばかりの少年がAランクになることがまず前例としてなかった。ましてや、犯罪者とはいえ人を殺すことが出来なければ冒険者として成功することはあり得ない。

「殺すかはわかりませんが、捕縛するかもしれません。――大丈夫だと思います」

「王都から一日程度の距離だから、依頼期限は三週間としておくよ。報酬は金貨二枚だ。頼んだよ」

「わかりました。さっそく行ってみます」

カインは資料を受け取って、ギルドを後にした。

報酬の金貨二枚は日本円にして約二〇〇万円になる。しかし、カインはサラカーン商会との業務提携で、すでに莫大な利益を上げており、そこまでお金に執着してはいなかった。

冒険者ギルドを後にしたカインは、路地裏に入ったところで転移魔法を使用し、王都の外に一気に転移した。

転移した先で周りに人がいないことを確認すると、そのまま飛翔《フライ》で浮き上がり、上空百メートルを飛びながらグラシアへと続く道を、街道に沿って飛んでいく。

上空から王都を行き来する馬車や人の流れを眺めながら地上を確認していると、王都から二十キロ程度離れた街道で馬車が襲われている最中だった。

街道の横は林があり、王都から距離があるため、盗賊たちにしては絶好の場所であった。

十人程度の盗賊に対し、二人の冒険者が剣と杖を構え、対応しているようだった。

「あそこにいた。間に合ってくれよ」

カインは一気に空中を加速して飛んでいく。

上空から近づいていくと、馬車一台に女性の冒険者二人が護衛として盗賊と向き合っている。

カインは馬車の真上まで飛ぶと、そこから地上に降り立った。

「加勢しますっ！」

カインは剣を抜き構えた。

いきなり現れた子供に、冒険者や盗賊の全員が唖然とした。周りに誰もいないのに、いきなり子供の冒険者が現れたのだ。驚かないほうがおかしかった。

「「「「「えっ……!?」」」」」

「あ、カインくん？」

「カイン様？」

馬車の御者と護衛の両方ともカインには見覚えがあった。

「サビノスさん？　ニーナ先生？」

もう一人の冒険者は赤髪を後ろで束ねて、囲んでいる盗賊たちに剣を向け構えていて、あちこち斬られたような出血をしていた。

「ミリィ先生！！！」

ミリィが怪我をしていることを知ったカインは、一気にミリィの前まで行き庇うように立つ。

「おいおい、ガキが一人増えたぞ。女二人も上物だし、子供も売り払えばいい金になるだろ」

盗賊の一人が舌舐めずりしながら気持ちの悪い笑いを向けてきた。

「カインかっ！　この人数に一人はきつかったんだ。突破するのを手伝ってくれるか」

「ミリィ先生、僕がやります。ミリィ先生は下がっていてください」

そう言って、片手をミリィにかざし『ハイヒール』を掛ける。

ヒールで間に合うところだが、ハイヒールをかけたおかげでミリィの傷はすぐに塞がった。

「カイン、さすがに十人相手じゃ……。もう回復したし私も手伝うわ」

「ミリィ先生、傷は塞がっているけど、血は戻りません。サビノスさんの護衛をしていてください。あとは僕がやります」

一人で出てきたカインに盗賊たちは笑った。

「ガキ一人で何ができるんだ？　ガキはママのおっぱいに吸いついてればいいんだよ。どうせこのあと奴隷として売られるんだけどな」

「「ぎゃははははは」」

所詮子供が一人増えただけだと、盗賊たちはにやにやと笑いながらカインを囲んでいく。

「言いたい事はそれだけですか……。ミリィ先生を怪我させた罪は重いですよ？」

カインは動かずにその場で剣を一閃した。カインの一振りで真空の刃が発生し、盗賊の一人に見えない刃が向かっていく。

笑っていた盗賊の一人の身体を真空の刃が通り抜けていくと、ゆっくりと上半身と下半身がズレていきそのまま倒れた。

「「「「えっ!?」」」」

笑っていた盗賊たちも、カインの実力を知らないミリィもニーナも固まった。

カインの剣技はその場で一閃しただけで、離れた盗賊の上半身と下半身を分断してしまったのだ。

驚かないはずはない。

「このガキ危険だ！　本気でいくぞ」

カインは最初の一人は殺してしまったが、他の盗賊は捕獲するつもりだった。子供を売り払うということは、どこかで不法奴隷売買をしているということがわかったからだ。

カインは剣を鞘に収め、身体強化《ブースト》を唱えると、一気に盗賊たちの中に駆けていく。盗賊たちのレベルでは、カインの動きを把握することは出来ず、鞘で腹を突かれたり、顎を打たれたりして一瞬にして残りの盗賊たちが倒れていく。

数十秒ほどで勝負はついた。

「ふぅ、まだ手加減が難しいな……」

そう言ってカインはアイテムボックスからロープを取り出した。

「ミリィ先生、片付けましたから縛るの手伝ってください」

カインの動きを見て、固まっていたミリィがやっと動き始めた。

「今の動き……ほとんど見えなかった」

ミリィはそう呟きながらカインからロープを受け取り、次々と盗賊を縛っていった。


盗賊の捕縛も終わり、カインは一息ついた。

「間に合ってよかったです。それにしてもこんなところで会うとは偶然ですね」

「カイン様ありがとうございました」

「カイン、ありがとう。助かったよ」

「カインくん、かっこよかった」

サビノス、ミリィ、ニーナの三人がカインに礼を言う。

「それにしても、カインがなんでこんなところに？」

冒険者をしているとしても、なぜこの街道に一人でいるのか不思議に思ったミリィが尋ねた。

「ギルドマスターから盗賊の討伐依頼を受けてきたんですよ。探しているときに丁度ミリィ先生たちが襲われてるとこを見つけたので……」

「そんな……カインまだ十二歳だろ？　登録したばかりのはずなのに……盗賊捕縛は最低でもCランクからだ。しかもBランクになるための試験内容だぞ」

カインは素直に自分のギルドカードを取り出し掲げる。そのカードは金色《ゴールド》に輝くカードだった。

「「Aランク!?」」

「さすがカインくん……」

カインの取り出したギルドカードに驚いたのは、ミリィとサビノスだ。ニーナは相変わらず動じていなかった。

「色々ありまして、強制的にAランクになってしまいました」

カインは少し照れた表情をし、頭を掻いて説明をした。

「まぁ話は王都まで行ったら聞くわ。この盗賊共はどうするの？　この場で始末しちゃう？」

「それなら大丈夫です」

カインはアイテムボックスから馬車の荷台のみを取り出した。

「えっ!?」

驚いたのはサビノスだった。ミリィとニーナの二人はカインがアイテムボックスを持っていることを知っていたので驚いてはいない。特に常識を当てはめると自分たちが疲れてしまうことは、カインの家庭教師をしていた時に十分に実感していたからだ。

『創造制作《クリエイティブメイク》』

カインは魔法を唱えると、荷台が檻のように変化していった。

さすがに魔法でそこまで出来るとは思っておらず、三人は唖然とする。出来上がった檻に満足したカインは笑いながら『土魔法の応用ですよ?』と言ったが、魔法に詳しいニーナでさえも理解できない魔法であった。

「これでこの檻に入れておけば大丈夫です。この荷馬車は軽量化をしているので、僕でも引っ張れますから」

カインは実際に片手で荷馬車を引っ張ると何事もないように動き出した。

「――相変わらずカインはメチャクチャだなぁ……」

カインの説明にミリィは苦笑しているが、サビノスは目を点にして驚いていた。

一息ついたあと、サビノスを除く三人で、まだ生きている盗賊を檻に放り込んでいく。最初に死んだ盗賊はカインのアイテムボックスに収められていた。

「では、王都に行きましょう。王都までは僕も一緒に行きますよ」

そう言って、カインは檻に入った盗賊たちを乗せた荷馬車を重そうな素振りも見せずに引き始めた。

道中馬が引く馬車と同じスピードで荷馬車を引くカインに、すれ違う人々は驚きの表情をしていた。まだ成人しているとは思えない子供が荷馬車を引くこと自体信じられないのに、馬が引くサビノスの荷馬車に遅れることなくついていってるからだ。

盗賊との戦闘やその後の処理に追われ、王都に到着する頃にはすでに門は閉められているとわかっていたので、王都の近くで野営を行うことになった。周りでは同じことを考えている者たちも多数おり、その中で檻に入った盗賊たちは、次の日に王都に入る者たちの見世物になっていた。

翌朝の門が開く時間に合わせて王都に入ることにした一同は、野営の準備に取り掛かる。

カインは転移魔法で屋敷へ戻ることも可能だったが、久しぶりに会った三人と野営をしながら一晩を一緒に過ごすことになった。

少しだけミリィやニーナと同じテントになるかと期待したが、サビノスに手招きされ、少しだけ残念に思いながらも、サビノスと同じテントで寝ることになった。


翌朝、王都の入口で並んでいたカイン達は、檻に入った盗賊たちを引き渡すことになった。

その際、衛兵には、まだ成人もしていないカインが一人で荷馬車を引いている事に驚かれ、捕まえてきた盗賊たちの数でさらに驚かれた。

「君みたいな子供がこの人数の盗賊を捕まえるなんて……」

信じられない表情をする衛兵に、カインはアイテムボックスに仕舞ってあるギルドカードを、ポケットから出したように装いながら提示した。

カインから見せられた金色《ゴールド》に輝くAランクの証明であるギルドカードに、衛兵は一番驚いた。

「まさか……Aランクの冒険者とは……。これは失礼いたしました」

先ほどまで少し侮った態度をしていた衛兵は、態度を改めカインに対応をした。いくら子供に見えても相手は上級とも言えるA級冒険者だからだ。

「死体も持ってきてますが、どこで出せばいいですか」

「それでしたら、懸賞金が掛かっているかもしれませんので、確認しますからここの裏手でお願いします」

衛兵の一人に案内された場所で死体を出し、盗賊の引渡し証明書をもらう。

檻から出された盗賊たちは、カインの事を畏怖した視線を送りながら衛兵に縛られ連れていかれた。

空になった荷馬車を引き渡し場所から少し離れ、周りに誰もいない事を確認してからアイテムボックスに仕舞うと、カインはサビノス達のところへと向かった。

別行動をしていたサビノスたちも無事に入都手続きが終わり、王都に入ったところで荷馬車を寄せ待っていた。

「皆さんお待たせいたしました」

「いえいえ、私たちも今入都手続きが終わったばかりですので」

カインはサビノスの荷馬車に乗せてもらい、四人で商会へ向かった。


商会に到着すると、パルマが店の手伝いをしているところだった。

接客がちょうど終わり、サビノスが到着したことに気づき声をかける。

「あ、お父さんお疲れ様、カイン様も一緒に……どうしたのですか？」

休みの日にカインがサビノスと一緒にいたことが、予想外のことだったのでパルマは少し驚いた表情をした。

「実はね、王都に来る途中、盗賊に襲われているところをカイン様に助けていただいたのだ。おかげで皆無事だし、商品もこの通りだ」

サビノスの言葉にパルマは目を大きく見開いて驚いた。エスフォート王国は治安が安定しているが、盗賊や魔物に襲われる場合もある。その為に商会は冒険者を雇うのだ。無事に辿り着けたことにパルマは胸をなでおろす。

「カイン様、お父さんを助けてくれてありがとうございました」

パルマはカインに向かって丁寧に頭を下げた。

「無事で良かったね。僕も盗賊討伐の依頼だったから……」

頭をポリポリと掻きながら、パルマのお礼に照れくさくなってしまった。

「私は裏手に馬車を置いてくるね。ここで待っていてくれ」

サビノスは荷馬車を操り商会の裏へと消えていった。そして、数分も経たないうちに商会の裏から出てきた。

「これで片道の依頼は終わりです。あとは二日後にグラシアへと戻るまでは自由ですので、二日後の朝に商会までお願いします。今回はお二人のおかげで助かりました」

サビノスが二人にお礼を伝え、片道分が完了したことが書かれている依頼書をミリィに渡す。

「わかりました。また二日後に」

「ん。お疲れ」

護衛の契約は往復でされており、片道分の護衛の仕事が終了した。

「では、僕もギルドに報告するのでそろそろ行きますね」

「私たちも行くわ。報告もしないといけないし」

三人はサビノスとパルマに挨拶をして、サラカーン商会を後にし、ギルドに歩いて向かった。

「サビノスさんに聞いたわよ。男爵様になったんだって？　カイン男爵様って呼んだほうがいいかい？」

「カイン、たまのこし……」

一人良くわからない事を言っているニーナをスルーし、歩みを進めていく。

「そんな、ミリィ先生もニーナ先生も僕の先生だったんだから気にせず『カイン』って呼んでくださいよ」

「数年経つとやはり成長するもんだな。カインも随分大人びてきたぞ」

ミリィがカインの頭を腕で抱えると、カインは顔に当たったミリィの胸の感触に思わず赤くなってしまう。十分ほど歩くとギルドに到着した。

カインはレティアが受付をしている列に並び、ミリィとニーナも別の窓口へと並んだ。

「レティアさん、盗賊の討伐終わりましたよ。これが証明書です。衛兵に引き渡してありますので」

そう言って、衛兵からもらった引渡し証明書をレティアに渡す。

「まさか、依頼を受けて次の日に終わらせるとは……。ギルドマスターに報告してきます。少々お待ちください」

すぐにレティアは証明書を持って奥へ行ってしまった。

ふとミリィとニーナの方を向くと二人は、すでに報告を終えて依頼ボードを眺めていた。王都に来る途中で二人のギルドランクはBランクに上がっていることを知っていた。

レティアが戻ってくるのを待つために、依頼を見ている二人を眺めていたら、見覚えがある三人が二人に近寄っていった。

「綺麗な姉ちゃんたちだな、王都に出てきたのかい？　俺らが色々案内してやろうか……」

にやついた表情をした男たちは、カインが冒険者登録した時に絡んできたチンピラ冒険者達だった。

「あん？　なんだお前ら。邪魔だから」

「興味ない……」

二人ともまったく興味がないようで、男たちには目もくれずそのまま依頼を眺めていると、一人の男が額に青筋を立て二人に手を伸ばした。

「いいじゃんかよ？　ちっと付き合えよ」

男が二人に伸ばした手を、受付から素早く移動したカインがそっと間に入り止める。

「二人の知り合いです。あっちいってもらえますか」

カインは三人に向かって冷たく言い放つ。

「――ん？　お前、この前登録したルーキーじゃねーか！　Cランクの俺らに文句あるのか？」

「二人にも断られたでしょう、お引き取りください……」

カインに絡もうとしたところで、三人に向けて殺気を放つ。

その殺気はホール全体に広がり、一瞬にしてギルド内が静まり返った。

近くにいた冒険者たちは思わず、剣に手をかけ、低級冒険者たちは殺気に耐え切れずガクガクと震え始めた。

目の前で殺気を当てられた三人は、その場で腰を抜かして震えている。

ユウヤとの修行によってレベルが上がったことで、少しだけ殺気を放ったつもりだったが、ギルド内が殺気で埋めつくされてしまった。

「わかりましたね……?」

「ハ、ハイ……わ、わかりました……。すみません……」

カインが笑顔で三人に言うと、チンピラ冒険者たちは、震えたまま四つん這いになりギルドから逃げ出した。

ギルドの扉から出たところで入れ替わりで人が入ってきた。

「なんだ、あの出ていった奴らは……おうおう、すげー殺気放ってるな」

入ってきた二人組は、殺気を放っていたカインの方を向くとにやりとする。

「お、カインじゃねーか。すげー殺気だな？　どうした？」

チンピラ冒険者と入れ替わりで入ってきたのは、〝氷炎〟の二つ名を持つクロードとリナだった。

すぐに殺気を引っ込めてクロードのほうを向き笑顔を向ける。

「あ、クロードさん、リナさんお久しぶりです。知り合いに絡んでいた奴らにちょっと……」

「あんなの当てられたら、普通のやつにはキツイだろ？　それにしてもカインの知り合いって……!?」

「あたしたちだ――アニキ」

後ろから声をかけたのはミリィだった。

「えっ？」

カインは「アニキ」という言葉に驚き振り向いた。

「お、ミリィとニーナじゃねーか。久しぶりだな？　王都に来たのか」

「ミリィ、ニーナお久しぶりね」

クロードの横に居たリナも話に入ってきた。

「みんな知り合いだったんですかっ？」

「ミリィは俺の妹だ」

驚いて質問するカインにクロードは笑って答えた。

同じ赤髪で顔つきに見覚えがあるなって思っていたら、クロードとミリィは兄妹だった。

「逆に、カインがミリィ達のことを知ってることに驚いたぞ」

「わたしたちは、カインが五歳の時に家庭教師をしてたから知ってるんだよ。手紙にも書いたでしょ」

クロードとリナの二人は顎に手を当てて思い出していた。

「そういえば、グラシア領で貴族の坊ちゃんに稽古をつけてるって、手紙に書いてあったな」

「だからカインくんの名前に見覚えがあったんだ」

クロード、リナ、ミリィの三人は頷きあった。

「それにしてもカイン、お前つえーだろ？　試験の時に俺の本気についてこれたからな。それにしてもお前、貴族の子息だったのか？」

クロードと同等の剣技を持つことにミリィは驚いた。

「アニキは剣でAランクまでいったんだよ？　それと同等って……」

「カインくん……辺境伯様の子……。男爵としてすでに当主に就任している……たまのこし……」

特に意識をしていなく、カインとして冒険者登録をしていたため、貴族当主の立場を隠していたが、暴露したのはニーナだった。最後に余計な一言までつけて……。

その言葉で、今度はクロードとリナは固まってぎこちなくカインの方を向いた。

「……カイン様って呼んだほうがいいか……？」

恐る恐るクロードはカインを見る。その態度の変わりように吹き出したカインは首を横に振る。

「いやいやいや、今まで通りにしてくださいよ。そっちのほうがありがたいです」

カインの言葉に二人は安心し、胸を撫でおろした。

「貴族の当主によっては不敬罪が適応されるからな、当主の子供たちなら問題ないが、当主はそうもいかないから」

「そんな不敬罪なんてやるつもりはないですよ」

五人で笑い合ってると、レティアから声が掛かった。

「カイン様、ギルドマスターがお呼びです。関係者であるミリィ様とニーナ様もご同席お願いします」

「クロードさん、呼ばれたんで行ってきますね。またあとで」

「アニキあとでまた話そうぜ」

「いってくる……」

「奥で飲んでるから、そこにこいよ」

レティアに案内されるまま、応接室に入っていった。

応接室にはすでにギルドマスターのエディンが待っていた。

「やぁ、カインくん、まさか依頼した次の日に捕まえてくるとは思わなかったよ」

その後、状況をミリィが説明していった。ニーナは黙ってただ頷いている。

「——そこでカインが現れて、あっという間に盗賊を捕えていったという感じですね」

「そうか、ありがとう。これでカインくんは問題なくAランクとしてやっていけるね」

ミリィの説明に満足したエディンは置かれた紅茶に口をつける。

「これだけ聞かせてもらえれば満足だよ。報酬を渡すね」

エディンから手渡された小袋に入った金貨二枚を確認し、アイテムボックスに仕舞った。

「何かあったらまた頼むからよろしくね、義弟《カイン》くん」

なにか最後の言葉は変に聞こえたが、三人はそのまま応接室を後にすると、併設されている酒場へと向かった。


酒場に着くとすでにクロードとリナの二人は飲んでいた。

「おまたせ～」

三人はクロードたちに合流し、すぐに追加の飲み物を注文する。

「そういえば、どうしてギルマスに呼ばれてたんだ？」

問いかけてきたのはクロードだった。主に王都で依頼をこなしているクロードでさえ、ギルドマスターに呼ばれることなどあまりない。不思議に思うのも当然だった。

「あたしたちが商会の護衛の依頼で王都に向かっている時に、十人組の盗賊に襲われたんだ。それを、盗賊討伐の依頼を受けたカインが来て討伐したんだけど、それを説明してたんだ」

ミリィは出てきたジョッキに口をつけてから話し始めた。

その言葉に驚いたのは、リナだった。

「カインくん、この前私たちとギルドで会った時は登録するためにきたんだよね？　なんでいきなり盗賊の討伐してるのかな……」

リナが余り触れてほしくないところに突っ込みをいれた。

「カイン……すでにAランク……」

ニーナが相変わらず爆弾を投下する。

「「えっ……」」

さすがにその言葉にはクロードもリナも目を見開いた。

「なんで登録したばっかりでもうAランクなんだ⁉」

食いついてきたのはクロードだった。クロードやリナもAランクであったが、それは何年も冒険者を続け依頼を成功した積み重ねの成果だと思っている。それが、先日冒険者登録をしたばかりの成人もしていない子供が、いきなりAランクになっていれば驚かない訳がない。

カインはため息をつき、仕方ないので説明する。グラシア領にいたときに一人で魔物の森に入ってたこと。地竜《アースドラゴン》を倒して騎士団に納入してたこと、王都の屋敷には倒したSS級のレッドドラゴンの剥製が飾られていること。

「SS級……それならAランクでも納得できるな……そんな物騒なもんと戦えるのかよ……」

倒した魔物のランクを聞きクロード達は唾を飲みこんだ。ミリィとニーナも初めて聞くカインの行動に同じように唖然としていた。

さすがにそのランクの魔物はAランクのクロードとリナのペアでも倒すのは難しい。その後も、雑談は進み、カインの話をつまみにして四人は酒を次々に煽っていく。

カインは飲んでいないが、四人はそれなりに出来上がっていた。

「まさか一人で狩りしてたとはねぇ……。だからこの魔法《マジック》ポーチを作れたのね。これにはかなり助かってるわよ」

ミリィとニーナはカインが記念に創ったバッグを大事そうに撫でていた。カインは二人とも大事につかってくれていることに頬を緩ませる。

しかし、魔法《マジック》ポーチという言葉にリナが食いついた。

「ちょっと待って……。今、魔法《マジック》ポーチと言ったわね……。それ、カインからもらったの？　容量は？　しかもその素材……もしかして……」

二人が持っているポーチを見つめながらリナが驚愕の表情をする。

「カインくんがつくった。容量は今まで満タンになったことはないから知らない……でも――」

ニーナの言葉の途中で、リナがさらにカインを責め立てていく。

「カインくん……。正直に言いましょう。これはどうしたのかな……」

アルコールがかなり入ったリナの視線は怖かった。

「――僕が創りました……」

カインはがっくりと肩を落とし、白状した。

「それはどれくらいの容量なの？　私たちが持っている魔法袋《マジックバッグ》は三メートル四方くらいのよ。これ一つでも白金貨一枚したのよ」

「たしか――」

カインは正直言うつもりがなく、リナが言ってた容量と同じというつもりでいたが、酔いで頬を赤くしたニーナが正直に話してしまった。

「三十メートル四方ってもらったとき言ってた……」

「あっ……」

「「…………っ!?」」

クロードとリナの二人は固まった。腰につけている魔法《マジック》ポーチが国宝クラスのものだったと知れば、その視線は魔法《マジック》ポーチに釘付けになるのも仕方なかった。

「それって――国宝クラス……」

リナはそう呟くので精一杯だった。

——そしてリナはカインの両肩を捕まえて見つめあった。

「カインくん……どうしてそんなものが作れるのかな……」

問いただすリナはすでにかなり酔っているようで、目が血走っている。

「……いえ、勢いで……」

「私たちもバッグの容量が少なくて大変なのよね……」

リナはカインの目の前に顔を寄せてじっと見つめる。

期待をするリナの目にカインは早々に折れた。

「はい……。喜んで作らせていただきます……」

リナは先ほどとは違って、満面の笑みを浮かべ、満足したようにそのままテーブルに伏した。

リナはあまり酒が強くないらしく、いつも寝てしまうそうだ。

「カイン……すまんな。うちのリナが……。多分今日のことは覚えていないと思うから気にするな。さすがにそんな国宝級のを簡単によこせなんて言えない。忘れてくれていい」

クロードが申し訳なさそうに声を掛けてくる。

「いいですよ。それよりも相談があるんですが……」

カインが真面目な顔になったことで、一同が真剣な顔に変わる。

「盗賊から襲われた時に、盗賊が人を奴隷商人に売りつけるって聞いたんですよ。誘拐した人を奴隷商会が扱うのは不法奴隷ですよね。それで盗賊どもを尋問したのですが、そこでナルニス商会が引き取っていると聞いたんです」

「ナルニス商会か……あそこはかなりの大手商会だからな。後ろ盾に上級貴族もついてると思うぞ」

カインの頭の中では、グラシア領で開かれたカインのお披露目会で挨拶をしたコロン臭い支店長が思い出された。

「やはりそうですか。グラシア領にも支店があるのですが、五歳の時のお披露目の時に『なんでも用意する』と言われましたからね」

「盗賊どもの口だけじゃ証拠にならんからな。今回盗賊どもが捕まったことで少し落ち着くといいんだがな」

クロードも飲みながら考えている。

「そういえばカインはそろそろ帰る時間じゃないの？」

そういったのはミリィだった。

「随分早い帰りじゃないか？」

クロードから言われたが、明日は学園がある日だ。先週三日間サボったので今週は行かないといけない。

「そういえばカインは学生だったな、それなら仕方ないか」

「十二歳は早く帰って寝るんだな」

クロードにいじられながら、皆で楽しく飲んでるところから一人寂しくカインは帰路についた。

カインが帰った後に、レティアが酒場に入ってきた。

「あれ？　クロードさん、カイン様はまだおられますか？」

「カインならもう帰ったぞ。明日学園だってことで」

「そうですか、実はですね、明日学園の冒険科のほうから依頼で授業をするように言われてた冒険者が、負傷したせいで急遽代理を探しているんですよ」

レティアのその言葉に全員がにやりとした。

「レティア、ちょっと詳しく聞かしてくれ」

レティアから依頼についての説明を受けて、全員が怪しい笑顔になったのは言うまでもなかった。


次の日、学園に登校し基本授業を二時限受けると、次の時間は魔法科の選択授業だった。

新しい魔法を覚えられるのだと、カインはとても楽しみにしていた。

「それでは魔法科を教えるメリッサだ。得意魔法は火と風だ。これから自分の得意だと思う魔法をあの的にぶつけてくれ。終わったあとに悪いところがあったら言うから。それと、カイン・フォン・シルフォードはいるか？」

「はいっ！　います」

カインは期待をして手を上げた。

「お前は学園内での攻撃魔法は禁止になった。すでに学園内の全教師に通達がされている。ここの結界ではお前の初級魔法でさえ耐えられないそうだ。この授業は見てるだけな。学園長からは単位をそのまま渡していいって言われてるから安心しろ。攻撃魔法以外なら参加は問題ないが、今日は攻撃魔法の授業だから見学だな」

「………」

教師の言葉にカインはがっくりと肩を落とす。メリッサの指導の下、周りの生徒たちが的へ向かって魔法を放つその光景を、カインは端で座って眺めていた。何もすることがないカインは、このままいても良かったが、魔法の本が置いてある図書室があったことを思い出し、手を挙げた。

「メリッサ先生、図書館で自習してていいですか……」

「うむ、それでいいわ。見てるだけでは暇だからな」

「わかりました。行ってきます」

カインは初めての魔法科の授業で、何もできずに訓練場を後にした。

昼食が終わった午後の選択授業は冒険科であった。カインはすでにAランクではあったが、冒険者らしい依頼は盗賊の捕縛しか行っていない。基礎についてはミリィやニーナから幼少の頃に教わっていたが、それでも楽しみな授業であった。

始業のチャイムが流れ、革鎧を着た三十代に見える男性の教師が教室に入ってくる。

「冒険科担当のボウガンだ。専門は前衛で剣士をやっている。今日は最初の授業だから、特別にギルドから冒険者を招いている。では入ってもらおう」

教師の合図とともに扉が開き、最初に入ってきたのは水色の長髪を後ろに結び、ローブを靡かせる女性――――リナだった。

いや、リナ一人ではなかった。そのあとにクロードが入ってきて、そしてミリィとニーナまでが教室に入ってくる。

クロード含め四人の冒険者たちが教壇に並んだ。新人の冒険者とは違う強者のオーラを発する四人に生徒たちは唾を飲みこんだ。

「本当なら、Cランクの冒険者の予定だったが、何故か冒険者ギルドからのご厚意があり、Aランクのクロードさん、リナさん、Bランクのミリィさん、ニーナさんが今日の講師として来てくれた。みんな拍手」

予想外にAランクの上級冒険者が来てくれたことで、冒険科を選択した生徒達は大騒ぎだ。特に男子生徒の中には女性三人の講師に見惚れている者までいた。

(何も知らなければ三人とも綺麗だもんな……でも来るなら来るって昨日教えてくれてもよかったのに……)

そんなカインの気持ちを余所にクロードが代表して教壇に立った。

「冒険者ギルドから来たAランクのクロードだ。入学試験でも実技試験を担当させてもらったから知っている者もいると思う」

そう言いながら、生徒の顔を見回していき、カインがいるのを見つけ他の生徒たちに気づかれないように少し頬を緩ませる。

「この冒険科を選んだということは、ここにいるのはすでに冒険者登録を済ませた者、これから冒険者登録をする予定の者たちだと思う。冒険者になれば一人で依頼を受ける場合もあるし、俺らみたくパーティーを組む場合もある。それは個々の力量によるから、過信し過ぎずにやってもらいたい。過信は本人が死ぬだけでなくパーティーの仲間にも迷惑をかけるんだ」

生徒たちの中には『死ぬ』という言葉に顔色を悪くする者や、身震いさせる者が多くいた。

「この中で冒険者登録しているのはどれだけいる？」

クロードの質問に全員の生徒が手を挙げた。さすがに冒険科を選択したこともあり、全員が登録していた。エスフォート王国では十二歳を迎えた者か、歳を迎えていなくとも学園で冒険科を選択していれば登録が出来ることになっていた。生まれが遅い場合、冒険科を選択しても冒険者登録が出来ないのでは意味がないとのことで作られた特例であった。

「全員が登録できているようだな。ギルドカードを持っているやつは出してみろ」

クロードは怪しい笑みを浮かべながらカインに視線を送りつつ、他の生徒たちにカードを出すように促した。

持っている生徒は皆、登録したばかりの鉄《アイアン》カードを机に出していく。

自分たちのカードを隣の席の者と見せ合ったりしている。

その中でカインは一人だけギルドカードを出さなかった。

一人だけ金《ゴールド》カードを出したらどうなるかわかっていたからだ。

（こんな鉄《アイアン》ばかりの中で金《ゴールド》カードなんて出せる訳ないでしょ）

下を向いているカインに、クロードは近寄っていく。

「ん？　カインくんはカードは持っていないのかな？」

「すみません。今日は忘れました」

クロードはニタニタと笑いを堪えながらカインに問い掛ける。

カインはギルドカードを出すわけにもいかず、クロードの事を睨めつけながら忘れたことにした。

「皆、ギルドカードは自宅にいる時以外は必ず持ち歩くように！　何かあった時の身分証明書になるからな。カインくんも忘れずに持ち歩くようになっ！」

クロードはカインの肩を二回叩きそのまま回り始めた。

「鉄《アイアン》じゃないの知っていて言いやがった……」

小声で呟いたカインは、ミリィとニーナのほうを向くと、視線が合った途端に目を逸らされた。そして肩を震わせ笑いを堪えている。

（みんな知っててやってるな……畜生……あとで見てろよ……）

それから一時間ほど、リナやミリィが交互に野営についての準備だったり、依頼についての確認事項などを説明していった。途中、ニーナが魔法について話す機会があったが、「敵を倒せる威力の魔法を放つだけ」の一言で終わってしまい、受講している生徒たちは唖然とし、カインも思わず苦笑した。呆れたリナが代わりに魔法について話すことになった。


座学の時間が終わり、実技の授業になったため、全員で訓練場に移動した。

クロードに仕返ししてやろうと、カインは息巻いていた。

「さっきの仕返ししてやるからな……」

説明が終わり教師が班分けの指示を出していく。

「それでは、模擬戦を行う。身体強化《ブースト》は必ず習得するように。用意ができた者から行うぞ。はじめっ！」

生徒たちが得意分野に分かれた。

クロード、ミリィには剣術組、リナとニーナのところには魔法組が集まっていった。

もちろん、カインは迷わず剣術組を選んだ。クロードに仕返しをするために――。

「一人ずつ相手をしてやる。順番にかかってくるんだ」

クロードはそう言って身体強化《ブースト》を使い、順番に生徒の相手をしていった。

カインは他の生徒を横目に最後まで待っていた。復讐の時を――。

そして最後のカインの番になった。片手に木剣を持ちにやりとしながらクロードに近づいていく。

「クロード先生、よろしくお願いしま――」

キーンコーンカーンコーン
「――」

「――今日はここまでだな」

授業が終わるチャイムが鳴り、クロードが終了の合図をする。

「…………」

カインはプルプルと身体を震わせていた。

その様子を知ってか、クロードはカインの肩を叩いた。

「今日は時間がなかったからまた次回に。あ、教師の依頼は今日だけだけどな」

冒険科の授業が終わり、クロードは笑いながら去っていった。


その授業の後、学園が終了するまでカインは一言も言葉を発しなかった。

負のオーラを撒き散らすその姿は、違う選択科目から合流し、最後のホームルームを受けるために戻ってきたテレスティアやシルクも近寄れなかったほどだった。

学校の帰り道、カインは制服のまま王都を出てグラシア領にある魔物の森の入り口に転移した。

そして森の奥へ向かってひたすら進んだ。ただ真っすぐに——。

途中にある木々はなぎ倒し、襲い掛かってきた魔物も魔法で一撃で仕留めていく。

そしてレッドドラゴンの住処だった岩山まで辿り着いた。

そして怒りに任せカインは叫んだ。

「クロードのバカヤロー!!!!!!」

『岩石流星群《メテオ》』

カインは岩山に向けて魔法を放った。火と土の超級魔法を複合したものだ。

空から数メートル級の燃え盛る岩が流星のようにいくつも群をなして降ってくる。

地面にいくつものクレーターを作り、煙は天高く立ち上がり、岩山があった場所はすでに見る影もなくなっていた。

「――ふぅ、すっきりした」

溜まっていた苛立ちを晴らすかのように魔法を放ったカインであった。

その日、グラシアの街からは、天から燃える岩が群で魔物の森に降ってくるのが見えた。

そして大きな地震が観測され、煙が天まで立ち上るのが見えたおかげで領内が大騒ぎとなった。

すぐに王城に緊急連絡がされ、王都から調査のために急遽騎士団が派遣されることになった。グラシア領にいる騎士を含め二千人が集まり、原因の調査が行われた。

派遣され調査に向かった騎士が見たものは、魔物の森の木々の一部が数メートル幅で一直線になぎ倒されて道が出来ており、そしてその先には焼けただれた大地が現れ、クレーターがいくつもあるおぞましい光景だった。

その光景を見た騎士たちは皆同じことを口にした。

「――――魔王が現れた……」

そんな噂が囁かれていることも知らずに、大魔法をぶっぱなしすっきりとしたカインはまた普通の生活に戻っていった。

それから数日後、カインは王城に呼ばれていた。

応接室には国王とマグナ宰相の二人が目の前に座っている。その様子は今までと違い真剣な表情をしていた。それでいて疲れからか焦燥感が漂っていた。

「実はな、数日前にお主の父親であるガルムから緊急の連絡がきた。魔物の森に――魔王が出現したかもしれないとな」

「ま、魔王ですかっ⁉」

国王の言葉にカインは目を見開き驚きの表情をした。

「うむ、そうじゃ。森は数メートル幅で削り取られ、天空からは燃え盛る岩の群が降り注ぎ、大きなクレーターをいくつもつくっていったのじゃ。この災厄がグラシア領に向かったりしたら……そう思ってお主を呼び出したのじゃ。使徒として神からの啓示はなかったのか……⁉」

国王とマグナ宰相はその惨状を聞いて本気で悩んでいた。

「これは軍部の見直しを考えねば……」

「陛下、予算にも限りが……、他国とも連携して……。しかし、魔物の森に接しているのはバイサス帝国……協力は無理そうですね……」

カインを目の前にして、今後の方針を話し始めてしまっていた。

そして目の前にいるカインは心当たりがありすぎて脂汗をかいていた……。

「いや……そ、そ、そこまではしなくてもいいかと……。ま、魔王ではなくただの天災ではないです……か……ね？」

カインが落ち着きがなくソワソワしていることに、国王は気付いてしまった。

「カイン……。お主、言わないといけないことがあるんではないか？」

二人からの冷たい視線が突き刺さる。

「「「…………」」」

無言でカインと国王は見つめ合った。

――数分の沈黙が続いていく。

――そしてカインが白状した。

「すみません……イライラして、つい……魔法を放ちました……」

カインはその後、三日ほど王城で説教されるために学園をまた休むことになった。

7 召喚魔法

今日は学園の日だ。

最近諸事情で休みが多かったが、全ての処理が終わり無事に通学が出来ている。

連日に渡る事情聴取という名の説教に、カインはただ謝罪を繰り返しているだけだった。

普通の貴族であったら死罪を言いつけられていてもおかしくはないが、カインは神の使徒である。

敵対したら滅ぶのは国だということは、国王たちもわかっていた。

今回の件については、国王、マグナ宰相だけに留め、派遣された騎士には、調査のために最低人数を残し、すでに帰還命令が出されていた。

「カインくんおはよー」

「カイン様おはようございます」

「テレス、シルクおはよう」

久々に登校して教室に入ると、すでに二人はおり、笑顔で挨拶を交わす。

カインは日々の疲れから机に伏したが、テレスティアとシルクの二人がすぐに寄ってくる。

「カイン様、何やらお父様と色々とあった様子で……。詳しくは話していただけませんでしたが……。今日は午後の授業は貴族科ですからね、やっと一緒に専門授業を受けられます」

テレスティアはこの科目だけは、一緒に授業を受けられると喜んでいた。

だが、貴族科という言葉にカインのテンションは更に下がっていく。

「わたしも一緒だけどね～。カインくん、午前中の専門科目は今日は魔法科じゃなかった？」

「うん……。また自習かもしれない……」

「カイン様の攻撃魔法見てみたいわ……」

テレスティアは妄想の世界に入りながら、カインの勇姿を想像していた。

しかしカインはすでに学園での攻撃魔法の使用は禁止されており、また自習かとため息をついた。

「うちのお父さんもカインくんが魔法放ったら、また学園の修理代かかるからやめてね！　って言ってたよ。受験のときの修繕費でも、白金貨十枚かかったらしいし」

「…………」

その修繕費用を聞いて、さすがにカインも魔法は控えようと心に決めたのだった。


この学園では、午前中に四時限の授業があり、最初の二時限が基礎科目授業、残りの二時限と午後の二時限が専門科目の授業となっている。

基礎学科の授業が終わり、場所を移動し魔法科の授業となった。

生徒たちが訓練場に集まっている中、カインは生徒たちから少し外れたところで待っていた。

「カイン・フォン・シルフォードは今日はいるか？」

魔法科担当教師のメリッサ先生よりカインの名前が呼ばれた。

「カイン、います……今日も自習ですか？」

「今日は召喚魔法についての授業をやるから特に問題ないぞ」

「ありがとうございます！」

メリッサの回答に、カインは満面の笑みで返した。

ファビニールでユウヤからハクとギンとの契約召喚《コントラクトサモン》については教わったが、召喚魔法で呼び出すことについては教わってなかった。

カインは新しい魔法に気分を高揚させ授業に参加した。

「では、授業を始める。今日は召喚魔法について勉強するが、私は専門外だ。召喚魔法専門の先生を呼んでいる。グラット先生お願いします」

メリッサの紹介で、灰色のローブ姿の三十代に見える男性が入ってきた。

「召喚魔法を専門で教えているグラットだ。普段は王城で宮廷魔術師をしている。今日は召喚魔法についてを教えていく。まずは召喚魔法については二種類存在する。魔物と意思疎通をして契約する場合と、魔法陣から魔力を通じて呼び出す方法だ。そして——」

宮廷魔術師が教えてくれるということで、生徒たちもかなり真面目に授業を聞いていた。

もちろんカインも真面目に聞いた。ハクとギンは意思疎通をしてからの契約となっていたが、魔法陣からの召喚魔法は初めて聞いたからだ。

「魔法陣からの召喚では、もし現れてもお互いが気に入らなくて契約しなければ、そのまま消えていく。それでは順番に試していくぞ」

「あ、カインは危ないから一番最後な！」

メリッサが余計な事を言うとカインは顔を引きつらせながらも頷いた。

順番に生徒たちがグラットから魔法陣の紙をもらい、召喚魔法を実践していく。まだ魔力が少ないこともあり、呼び出されてきた魔物は小動物くらいの大きさが多かった。少し魔力が多い生徒については、ウルフ系やベア系の魔物も召喚されていた。

ただ、契約できたのは召喚できた中でも半数もいなかった。グラットからは服従させるほどの魔力には達していないと説明されていた。

「——では、全員終わったな。最後にカインやってみていいぞ」

やっと最後にカインの順番が回ってきた。カインは呼ばれるままグラットの横に行き、召喚魔法陣が描かれている紙を受け取り、中央に置く。

「では、この魔法陣の紙に魔力を込めるように。魔力を込めただけ強い魔物を召喚できるはずだ」

何も知らないグラットはカインに思い切り魔力を込めるように薦めた。

「何が出てくるか楽しみだなっ。ハクやギンと遊べる仲間がいればいいんだけど」

他の生徒は少し離れたところで待機し、グラットだけは近くで状況を確認している。

訓練場の中央に置かれた魔法陣にカインは魔力を込めていく。

カインの魔力は、ファビニールでの修行もあり、信じられないほど大幅に上がっていた。

魔力をどんどん吸い込んでいく魔法陣に、カインは無限にも近い魔力を送り続けた。

その瞬間、魔法陣が描かれた紙が燃え始め、魔法陣がそのまま地面に出現した。

しかも大きさにしたら十メートルサイズの魔法陣が浮かび上がった。

「こ、これは……、ちょっと待ってくれ！　これ以上はっ！」

何も知らないグラットが焦りの表情を見せ止めようとしたが、すでに遅かった。

魔法陣が輝き始め中央には一人の白髪の男性が現れた。見た目が二メートル位で人間に見えるが、その頭からは四本の角が出ていた。格好も豪華で、黒い革で作られた服にマントまでしていたのだ。

召喚された者は周りを見渡し口を開いた。

「ん？　ここは？　人間どもが……なぜ……私を呼び出せるんだ？　この魔王である――」

「ストップ！！！」

「うん？」

カインは無詠唱で魔法を唱えた。

『閃光弾《フラッシュ》』

カインの魔法により、訓練場一面が白い世界に覆われた。

グラットや生徒たちも一瞬にして圧倒的な光に覆われて視界を失った。

「「「「「ああああ目がぁぁぁぁぁぁああああ」」」」」

悶えてる先生や生徒を無視して、カインはその魔法陣から出てきた者に焦ったように話しかけた。

「なんで魔王なんてでてくるんだよっ！！！」

「む、お前が呼び出したのか……にんげんごとき……」

その瞬間、魔王は呼びだしたカインを何気なく鑑定した。

強気であった態度は一瞬でなくなり、魔王は冷や汗を流し始めた。鑑定で見てしまったカインの圧倒的な称号と加護と見えなかったステータスに。

そして即座に魔王はカインに片膝をついた。

「申し訳ございません……使徒様とは……どうか私を殺さないでください。喜んで配下になりますから……」

「えっ……」

驚いているカインに魔王は言葉を続ける。

「もちろん喜んで契約召喚させていただきます。使徒様の言うことなら国を滅ぼせといわれても魔族の全勢力を使い実行します」

「ちょっと待ってよ。なんでそうなるの？」

「使徒様、私は名前がありますので、そのまま契約できます。名前はセトといいます」

「あっ……うん……わかった……。あと、使徒様はやめて欲しい。カインって呼んでくれるかな」

「カイン様ですね、わかりました。何かあれば呼んでください」

そう言って、カインに頭を下げたあとセトは魔法陣とともに消えていった。

数分の時間が経ち、周りにいた先生や生徒の視界が戻ってきた。

「カインくんといったね、先ほど何を召喚したんだ⁉　先ほどの者は自分の事を――魔王と……」

グラットがカインに詰め寄ったがカインは視線をずらし誤魔化した。

「い、いや、ち、違いますよ……。契約できなかったので帰ってもらいました。人が出るとは思ってもいませんでした……ね？」

カインは視線を逸らせたまま頭を掻きそう答えた。

「「…………」」

グラットは無言のまま見つめ……そしてため息をついた。

「――わかった……そういう事にしておこうか……」

グラットは顎に手を当て考え事をしていたが、諦めたように頷いた。

「カインくんだね。何かあれば君は王城の私のところにくるといい」

そう言ってから生徒のところに戻っていった。

ちょうどその時、授業の終わりを告げるチャイムの音が流れてきた。

「では、今日の授業はこれまでとする」

「ふぅ、なんとかごまかせたかな……それにしてもあんなのが出てくるなんて誰も思わないよ……」

なんとか誤魔化せた事にほっとしながらカインは教室に戻って行った。

そして昼食の時間となり、食堂へと向かっていくカインだった。


召喚魔法の授業が終わったあと、グラットはすぐに学園を後にし王城へと向かった。用意された昼食も摂らずに、しかもかなり焦った様子で。

向かったところは、マグナ宰相の執務室だった。

ノックし、名前を告げると入室の許可が出て、グラットは執務室の中へと入っていく。

「マグナ宰相、大事なお話があるのですがよろしいでしょうか」

「おぉ、グラット殿どうしたんだ？　そんなに焦って」

マグナ宰相は焦っている様子のグラットに気づいて執務を一度止め、ソファーに座らせるとその対面に座った。

「実はですね。今日学園からの依頼で召喚魔法の授業を行ったのですが……」

その瞬間にマグナ宰相は気づいてしまった。

「――もしかして……カイン・フォン・シルフォードか？」

「えっ⁉　なぜそれを⁉」

「やはり……カインか……グラット殿、今から陛下のところに行くぞ、ついて参れ」

急な展開に理解できないグラットはマグナ宰相に連れられて、国王の応接室に通された。

「グラット殿、ここに座っておれ。陛下を呼んでくる」

マグナ宰相はそのまま部屋を出て行ってしまった。

そして数分後、部屋には国王、マグナ宰相、エリック公爵が並んで座っていた。一番最初に口を開いたのは国王だった。

「カインのやつ、今度は何をやらかしたんだっ⁉」

いきなり現れた国王や上級貴族に囲まれ、動揺しながらもグラットは説明を始めた。

「実は、私が専門にしている召喚魔法の授業を行うために学園へ行ってまいりました。それでですね、カインくんが一番最後に召喚魔法を行ったのですが……」

「「カイン（くん）に召喚魔法……」」

国王とエリック公爵が生唾を飲み込んだ。

「……召喚魔法……カインに召喚魔法って……何喚び出したんだ？　ドラゴンかっ⁉」

「いえ……ドラゴンではございません。確実ではないんですが……」

「なんじゃ、ドラゴンじゃなかったのか……」

ドラゴンなどの災害級の魔物でないことに安心した国王だったが、次の一言で全てを覆された。

「――あれは……多分……魔王かと……」

グラットが思ったことを口にした。

「「「プッ！！！！！　ブホッ！！！！」」」

三人が勢いよく吹き出す。

「「ま、ま、ま、魔王じゃと⁉」」

国王とマグナはあまりの衝撃的な言葉に呼吸ができなくなっていた。

「カインくん、さすがにそれはねぇ〜。想像以上過ぎてさすがの僕も驚いたよ」

エリックは想像以上の出来事にお腹を抱えて笑いはじめた。

「グラット殿、最初から話してもらえるかな……」

マグナ宰相の言葉にグラットは頷くと、今日授業であったことを順に説明し始めた。

魔法陣の紙から十メートルくらいの魔法陣が地面に現れ、そこから角が四本生えた魔族が現れたこと。かなり高貴な格好をしており、自分のことを「魔王」と言ったこと。その瞬間に光の玉が現れ全員が視界を失ったこと。視界が戻った頃にはその「魔王」らしきものはいなかったこと。カインを問いただしたが「契約できなかったので消えた」と答えたこと。

「「………………」」

「あやつめ……。今日あったことは口外禁止とする。わかったなグラットよ」

国王の勢いにグラットは首を縦に振るしかなかった。

「学園が終わる時間に呼び出しますかな？」

マグナ宰相の問いかけに国王は即断だった。

「あたりまえじゃ！！！　テレスティアを迎えに行く時に捕まえてこい！！！」

カインが昼食を楽しんでいるその頃、王城では呼び出しが決まっていたのだった。


「カイン！　さっきの光すごかったな」

食堂で食事をしているカインに声を掛けてきたのは、同じSクラスにいるコリットだった。

自分の食事をのせたプレートをカインの前に置いて座る。

コリットは平民だが、実家が魔道具の店を経営しているということで、魔法科と魔道具科で一緒に授業を受けており、魔道具について質問したことがきっかけで仲良くなった。

「んー。なんだったんだろうね。僕にもよくわからないや」

カインは自分がやらかしたことだったが、正直に言えるはずもなく誤魔化しながらも答える。

「でも、人みたいのが出てきてたけど、光と一緒にすぐに消えちゃったね」

「うん、そうだったね。可愛い動物が出てくれば良かったのに……」

契約しているハクとギンは大きくなってきたけど相変わらず可愛かった。

同じような高位の魔物と契約できると思い、全力で魔力を込め召喚したら魔王だったことにカインは思い出しながら苦笑いする。

「そういえば、午後はカインって貴族科だっけ？」

「……うん……。あんまり受けたくないんだけどね」

「まぁ貴族だし、仕方ないけど頑張れよっ」

「コリット、ありがとう」

二人は向かい合わせて雑談をしながら食事をすすめた。

コリットは貴族、平民などと気を使わないで済む数少ない友達だった。

「じゃあまた帰りにねー」

食べ終わったコリットは空いた器を下げに行った。そしてカインも食事を済ませるとプレートを戻し教室へと向かった。


午後の貴族科の授業である。貴族科の授業は、内政や外交、貴族特有の礼儀作法などがある。

そしてこの授業を受けたくない理由があった。

「カイン様、ちゃんと聞いてますか？」

「カインくん、寝ちゃだめだよ？」

両隣になぜか、テレスティアとシルクが座っている。

そしてもう一つこの授業が苦痛である理由があった。

「カイン男爵！　なんであなたは王女殿下と公爵令嬢の二人にいつも挟まれているんですか！」

コルジーノ侯爵の息子のハビットだった。

ハビットはBクラスだが、選択科目で一緒になっている。

貴族当主となってからは、貴族の体面上、気を遣って話しかけてくるが面倒だったりする。

「うん、ハビットくん。ここは学校だからカインでいいよ？　あと二人の件は、なぜかって言えば僕にもわからない」

「はい、雑談はそこらへんで！」

教師から怒られカインは謝罪をし、前を向く。

「「はいっ」」

授業に関しては座学がメインとなっているため、説明されたことをノートにまとめていった。


そして憂鬱な授業も終わり、帰る時間になった。テレスティアとシルクの三人で北門の出口へ歩いていると、テレスティアを迎えに来た馬車が待っていた。

そしていつにも増して、大人数の護衛の騎士が立っていた。いつもは数人なのに、今日は二十人位の騎士が馬車の周りを警戒するように立っている。

何かあったのかなと思いつつ、通り抜けようとするとカインに声が掛かった。

「カイン男爵。お待ちしておりました。陛下がお呼びです」

振り返ると近衛騎士副団長のダイムが笑みを浮かべて立っていた。

「また……なにかやりましたっけ……？」

カインには呼ばれるようなことをした記憶がなかった。というか、何を召喚したかをすでに忘れていた。

「それは陛下の前でお願いします。私も詳細は聞いておりませんので」

テレスティアと共にカインは馬車に乗せられた。

「カイン様と一緒に帰れるなんて、私うれしいですわ」

「うん……そうだね……」

カインは何かしたかと思いつつも王城に行き、いつもの応接室に案内された。

応接室にはすでに国王と宰相、エリック公爵、そして召喚魔法の教師であったグラットがいた。

「え、グラット先生？　なぜこの場所に」

驚くカインに国王がいきなり核心をついてきた。

「カイン、今日、授業で何を呼び出した……」

「えっ……」

思わず、グラットの顔を見たが、視線の合ったグラットは首を横に振った。

「…………」

少しの沈黙が続いたあとに、カインが折れた。

「す、すみません……召喚魔法で魔族が出てきました……」

「……魔族？　本当にただの魔族であったのか？　違うだろう。カイン……正直に言え」

国王の視線がかなり真剣だ。そしてカインは諦めた。

「……ま、魔王が出てきました」

カインの言葉に全員が『やはり』という表情をする。

「……やはりそうか。それでどうしたんだ？　そのまま帰ったわけではないだろう？　お主のことだから――」

「はい……契約召喚しました……」

「やはりそうか……」

国王はがっくりと肩を落とした。周りにいる者は皆、ため息をつき諦めた表情をしている。

「カイン……お主は……自重という言葉を知らんのかっ！　もし魔王が暴れたりしたらこの王都がどうなったか……」

「はい……もちろん知っております……。つい、魔力を込めたらどんどん吸い込んでいくので……まさかそんなのが出るなんて思ってもいませんでした」

「初代様のところで修行もしたのだろう。あのおかしなステータスから、また上がっているのか？どうなったか見せてみよ」

ユウヤから修行の時に、ステータスを見るなと言われてから、見ないことが常態化し、ステータスを確認することをすっかり忘れていた。

国王は衝撃的な発言が続き唖然としているグラットに視線を送る。

「グラットよ、これから見るものは一切の他言無用だ。国家機密だと思え。他に話せば死罪だと思って構わん」

「えっ……はい、陛下」

グラットも死罪とまで言われれば、気を引き締めて頷き返事をした。

「――カイン」

「……はい」

全てを諦めたカインはステータス魔法を唱えた。

『ステータスオープン』

【名前】カイン・フォン・シルフォード
【種族】人間族？　【性別】男性　【年齢】十二歳
【称号】辺境伯家三男　転生者　神の使徒　魔物の森の天敵　自然破壊者　竜殺し
　神々の寵愛を受けし者　剣神　亜神　他世界の創造神の弟子　神竜の弟子
　神獣の主人　神竜の主人　魔王の主人
【レベル】測定不能
【体力】測定不能
【魔力】測定不能
【能力】測定不能
【魔法】
　創造魔法レベル10　火魔法レベル10　風魔法レベル10　水魔法レベル10
　土魔法レベル10　光魔法レベル10　闇魔法レベル10　時空魔法レベル10
　生活魔法　複合魔法　召喚魔法
【スキル】
　鑑定レベル10　アイテムボックスレベル10　武術レベル10　体術レベル10

物理耐性レベル10　　魔法耐性レベル10　　森羅万象
【加護】
創造神の加護レベル10　　生命神の加護レベル10　　魔法神の加護レベル10
大地神の加護レベル10　　武神の加護レベル10　　技能神の加護レベル10
商業神の加護レベル10　　ファビニール創造神の加護レベル10
竜神の加護レベル10

カインのステータスを見たこの部屋にいる者は、誰一人として口が利けなかった。

それはカインも同じだった。

種族が「人間族?」になっているし、さらにいつの間にか称号が増えていた。

亜神という人間の神の称号もいつの間にかついていた。

ステータスなんて測定すらできなくなっていた。

(他世界の創造神ってユウヤさんのことだろうけど、神竜ってなんだろう)

カイン本人でも知らない称号を目にし、首を傾げる。

グラットは席から立ち上がりいきなり膝を突き祈り始めた。

「おぉ、神よ……」

「──カイン……その称号は……」

「「「「…………」」」」

祈り始めるグラットに国王を含め全員が苦笑する。さすがに国王も、想像を絶するステータスを見て言葉に詰まる。

「カインくん！　神になってるよ！」

しかしエリック公爵だけは平常運転でお腹を抱えて笑っていた。

「カイン殿、いや、これからはカイン様と呼んだほうがいいのかな？」

マグナ宰相も想像以上の内容に動揺していた。

「マグナ宰相までっ⁉　皆さん、今まで通りでお願いします……」

カインはテーブルに手を突き頭を下げた。

「カイン……ほんとに国滅ぼさないよな？　国というかこの世界を滅ぼすことができそうだが……」

国王が泣きそうな表情をして質問をするとカインは首を横に振る。

「そんなことしませんよっ！　学園だって楽しいんですから」

さすがにカインも反論した。自分でも想定外過ぎて理解できなかった位のステータスだったのだ。

神々からの依頼で、ユウヤやドランと修行も行っていたが、それはいつか起こるかもしれない邪神アーロンとの闘いに向けてのものであり、国をどうこうしようという気持ちは更々なかった。

「お前に国よこせって言われたら、素直に渡そうと思ったぞ」

「⁈！　……いりませんっ‼」

ステータスを見た後の国王は疲れ果てていた。

「――そうか……わかった。今まで通り接しよう……グラット……他言無用の意味がわかったか」

「もちろんです……陛下、このことは何があっても他言いたしません」

国王の言葉に納得し、深く頷いたグラットであった。

「それにしても、カイン、その称号の中で魔王の主人は、今日の召喚魔法の影響だろう。他にも神獣とか神竜と出ていたのだが……」

国王が称号のことを気にしていた。

「あ、それは修業中に仲良くなったのです。『召喚《サモン》〝ハク〟〝ギン〟』」

カインの足元に、神狼《フェンリル》のハクと、銀竜のギンがでてきた。

大きさは部屋に合わせて出てきてくれたおかげで、ハクは大型犬程度、ギンも同じような大きさだった。

「あ、神竜って、ギンのこと？」

カインは頭を撫でながらギンに問いかけると、ギンは縦に首を振り「キュイ」と鳴いた。

「契約している神狼《フェンリル》のハクと、神竜のギンです」

「「「…………」」」

「おぬし……神獣《フェンリル》なんて伝説の……ドラゴンまで……もう、驚かんわいっ！」

国王は額をピクピクさせている。そして大きくため息をつき、話し始めた。

「とりあえず、近々に謁見を開く。カイン、お主は子爵になれ。そして一つ街をやる。好きなようにしてみろ。それで成功したら婚約発表だ」

「えっ」

驚くカインに国王は言葉を続ける。

「これに関しては、異議を認めん。王都に近い街なら大丈夫だろ。今いる代官もそのまま使えば問題もあるまい」

こうして、カインはステータスがバレたせいで子爵陞爵《しょうしゃく》が決まった。


国王の説明が終わり解放されたあと、カインは王家用の馬車で屋敷まで送られた。

屋敷まで送ってくれたのは近衛騎士たちだった。

「送ってくれてありがとうございます！」

カインは頭を下げて、近衛騎士たちにお礼を言った。

「何いってるんですかカイン様。カイン様はうちの団長の婚約者なんですから、これくらい当然です」

「また訓練にも来てくださいね！」

騎士たちは笑顔で手を振りながら帰っていった。

屋敷に入り、扉を開けるとシルビアが待っていた。

「おかえりなさいませ、カイン様。今日は遅かったのですね」

「陛下に呼ばれてたんだ。話があるからコランと一緒に、執務室に来てくれるかな」

「わかりました、すぐにお伺いします」

シルビアは一礼したあとに、コランを呼びに行った。

執務室という名前にはなっているが、王城で役職にもついておらず、領地を持ってないカインにとっては勉強するための部屋だ。

部屋で制服から着替えたあと、ソファーに座ってゆっくりしていると扉がノックされた。

「失礼します。コランです。お呼びということで」

コランとシルビアが部屋に入ってきた。

「うん、報告があるんだけど、今日陛下に呼ばれて、次の謁見で子爵に陞爵だって。それと街を一つ見ろって言われたんだけど……」

「おぉ！　それはおめでとうございます！　すぐにガルム辺境伯様にもご連絡しないといけませんね。それでどこの街の領主になられるんですか」

コランとシルビアはカインが陞爵することが、かなり嬉しいようだった。

「それについては、当日、説明を受けることになっているから、まだ知らされていないんだ。王都の近くとは聞いてるけど」

「カイン様だったら、どんな街でも大丈夫ですよっ！　今日は身内だけでもお祝いにしましょう！　料理長にも話してきます」

シルビアはスキップしながら部屋から出て行った。

「それでは、ご用意ができましたら、お呼びいたします」

コランは一礼して部屋を出ていこうとしたが、カインが止めた。

「あ、今日は身内のお祝いだから、家の全員で食事にしよう。全員分の用意でお願い」

「わかりました。そのように伝えます。カイン様ありがとうございます」

そしてコランは執務室を出て行った。

その夜は、メイドも料理長も関係なく、楽しく食事ができた。

カイン以外は成人しているので、アイテムボックス内に保管している酒を振舞ったら全員が感激しながら内輪でのお祝いは催された。

余分に酒をテーブルに出し、好きにしていいと告げ、カインは寝室に戻る。

たまには、こういうのも必要だよなと、カインは思いながらベッドに潜り込んでいったのであった。

8 氾濫

時は少し遡る。

カインがクロードから授業で受けたストレスの発散に魔法を放ち、すっきりとして帰っていった場所から更に奥へと進んだ場所に凶悪な魔物が徘徊し、人が踏み入れることができない出入口を塞がれた洞窟があり、その最奥の開かれた場所の中央には祠がひとつ置かれていた。

石を積まれ塞がれていた洞窟の入り口は、三百年の時を経て次第に崩れていき、入り口が少しずつ露わになっていた。そこに普通ではありえないほどの魔法の衝撃による地震で、洞窟の入り口が完全に姿を現した。

魔物が徘徊する場所に現れた洞窟は、格好の魔物の住処へと変わっていく。小さい魔物が巣を作り、それを襲う魔物がさらに入り口を崩し巣にしていく。そんな食物連鎖が繰り返されていき、最後には真っ黒な身体をしたブラックドラゴンが住み着いていた。

ブラックドラゴンは最奥の開けた場所を見つけると、自分の心地よい住処にするために岩場を崩しながら平《たい》らにしていく。

それは祠も例外ではなかった。尻尾で払われた祠は崩れ去り、その下からは円く黒い水晶の欠片が顔を出していた。衝撃で亀裂が入った水晶からは、黒い魔素のようなものが噴出していく。

気づかずに寛ぐブラックドラゴンを覆いつくすように、その魔素は空間いっぱいに広がった。

そして、その広がった魔素は次第にブラックドラゴンに集約してその身体に吸い込まれるように消えていった。

『……封印が少し緩んだか……身体の一部だが、仕方ない……。じじいどもめ……』

眠っていたブラックドラゴンはゆっくりと首を持ち上げ、静かに瞼を開く。元々真っ赤だったはずの目は、濁った灰色へと変化していた。そして誰かに操られたように身体を起こし、ゆっくりと洞窟の外へと向かっていった。

学園から帰ってきたカインは王都の屋敷でゆっくりとしていた。シルビアに淹れてもらった紅茶を楽しみながらソファーで寛ぐ。

「明日からの休日はどうなされます？」

「たまにはギルドに顔でも出してみるよ。何か良い依頼があったら受けたいし」

シルビアの問いにカインはギルドに行くと答えた。その答えにシルビアは少し不安そうな表情をする。

「――わかりました。でも遠出はダメですからね。子爵に陞爵が決まりいつ王城から呼び出しが来るかわかりませんから。日帰り程度の依頼を受けてください。前みたいに心配かけるようなことは……」

ユウヤの創ったファビニールで修行していた時のことを思い出し、カインは首を横に振る。

「そんなつもりはないよ。簡単な依頼を受けるつもりだし」

カインの言葉を聞き、シルビアはほっとした表情をする。

「では、明日のために早くお休みになりませんとね」

シルビアの言葉にカインは頷き、明日のために早く休むのであった。

そして次の日。

革鎧を着たカインは腰に剣を取り付け、軽い足取りで屋敷を出た。さすがに冒険者の格好をしているときは、馬車で送られるのは勘弁してほしいとコランに言って承諾を得ていたからだ。それでも当主として危険なことをしないで欲しいと念押しされていたが。

貴族街から平民街へ抜け、ギルドのある場所へカインは歩いていく。国内で一番栄えている王都ともなれば、休日は朝から人で溢れていた。

カインはどこにも寄らずに冒険者ギルドの扉を潜っていく。

まだ、朝一だというのに、ギルド内は冒険者たちで賑わっていた。受付に並ぶ者、掲示板に貼られている依頼表を物色している者など、多岐にわたる。

カインは依頼表の貼られている掲示板をスルーし、そのままカウンターへと並んだ。上級者であるAランクの冒険者が受けるような高難度の依頼表は貼られておらず、カウンターで直接聞くことになっているからだ。

少し慌ただしいギルド内で順番待ちをしているとカインの番になった。

カインは貴族という肩書きがあることから、素性を隠すために専属受付嬢がおり、レティアが担当している。

「おはようございます。カイン様、今日は……」

礼儀正しい受付嬢のレティアが挨拶をする。

「おはようございます。すみません、Aランクの依頼ですぐに終わりそうなものってありますか？」

Aランクの依頼とは熟練の冒険者がパーティーを組んで、念入りに準備をしてから行うものだ。それを『すぐに終わる依頼』と言われてもレティアからはすぐに返答はできなかった。

「カイン様……さすがにそれは……。Aランクの依頼でしたら、数日はかかる依頼がほとんどでございます。すぐに終わる依頼はさすがに……」

申し訳なさそうにするレティアに気にした様子もなく、カインは言葉を続ける。

「少しくらい遠くてもいいので、魔物を倒せるのがあればなと……」

カインの言葉にレティアは手元の資料を一枚ずつ捲《めく》っていく。そして、一枚の資料を取り出しカウンターへと置いた。

「Aランクではありませんが、カイン様の故郷であるグラシア領からの依頼がきております。最近、魔物の森にいる魔物が多く、冒険者が足りないので派遣してほしいと各都市に依頼がされております。魔物の増加は気になりますが、数十年前に魔物の氾濫が起きた記録はあるものの、現時点ではそのような情報は出ておりませんので依頼としても比較的安全かと……」

グラシア領と聞き、カインはその置かれた紙を焦った様子でとり、内容を読み込む。

依頼書にはランクはCランク以上で、グラシア領の魔物の森の討伐依頼となっていた。

「レティアさん、この依頼の詳細はわかりますか？　できればこれを受けたいのですが……」

カインの中では故郷であるグラシア領からの依頼は受けたいと思っていた。

「グラシア領までですと……片道だけでも五日はかかりますよ。カイン様は学園では……」

「うん、そこはなんとかするから大丈夫、この依頼を受けます」

「わかりました。では、カードをお預かりいたします」

カインはアイテムボックスから出したとわからないように、金色の冒険者カードを取り出しレティアに渡す。

受け取ったカードを機械の中に通し、出てきたカードと一緒に一枚の紙をカインに手渡した。

「これは王都冒険者ギルドの受領書になります。グラシア領の冒険者ギルドの受付に出していただければわかるかと」

「レティアさん、ありがとう！」

受け取ったカードと紙を仕舞い込みカインはすぐに冒険者ギルドを後にした。

「グラシア領で何が起こっているんだろう……」

カインは考えながらも外壁へと足を向けていた。

外壁を通り過ぎて、街道を少し進むと、カインは道を逸れて人がいないのを確認し、転移魔法を使い一気にグラシア領まで飛んだ。

グラシア領の外壁近くに転移したカインは、街の門へと歩いていくとそこは人で溢れていた。

急いで街へ入ろうとする者や、荷造りをして街を出ていく者、誰もが慌ただしいように思えた。

カインは疑問に思いながらも、街門での検問の列へ並んでいく。

「はい、次！」

衛兵による検問が実施されているが、待っている者たちは焦ったような状態だった。

カインは、前に並ぶ行商人に声を掛ける。

「すみません、何かあったのですか？」

まだ幼いカインの言葉に、行商人は焦ったように言葉を返す。

「魔物の森が荒れているんだ。もしかしたら氾濫が起きるかもしれないと噂になっている。坊主も悪いことは言わない、他の街に逃げたほうがいい。私は家族がこの街にいるから逃げるわけにもいかないが……」

行商人の言葉にカインの表情が一瞬厳しくなったが、頬を緩めて向き直る。

「おじさん、ありがとう！　一応冒険者だから、ギルドに聞いてみるよ」

「冒険者か……まだ幼いのに。命は大事にしろよ」

行商人に礼を言い、カインは自分の番を待った。貴族の証や名前を名乗ればこのまま素通りできるのはわかっているが、カインは一人の冒険者としているつもりだったので、列に並び順番を待った。

一時間弱でカインの番は訪れた。

「はい、次！　なんだ子供の冒険者か。ギルドカードを掲示してくれ」

「はい、これですね」

カインは金色に輝くAランクのギルドカードを懐から出し、衛兵に掲げた。

「えっ、Aランク⁉　失礼しました。どうぞ、ギルドに皆様お集りになっております」

急に態度が変わった衛兵を横目にカインは街の中へと入っていく。

門を潜るとそこには十年間過ごした街が広がっていた。ただし、住民は皆、焦ったように忙しく走り回っているようだった。

「とりあえずギルドだよね……。そのあとで屋敷にも行ってみるか、兄様がいるはずだし」

カインは人が行き交う街を小走りで抜けていく。そして冒険者ギルドへと到着した。

扉を開けて冒険者ギルドのホールに入ると、中は人で溢れていた。数十人はいるだろうか、皆、受付に並んでいる。五つある受付には五人程度並んでおり、ほぼ全員が装備をすでに整えていた。

これから何か起きるのではと思わせるくらいの緊張感が漂ってくる。

カインはその列に並ぶが、子供が並んでいることに他の冒険者たちは怪訝《けげん》な顔をしている。そして、順番を待つこと二十分ほどが経過し、カインの番になった。

ギルドの受付嬢は猫耳の獣人の女性だった。

「あら、坊や、見ない顔ね？　こんな時にどうしたの？」

「カインって言います。王都で依頼を受領してグラシアまで来ました」

カインは、受付嬢に王都でもらった依頼の受領書を渡す。

「こんな子供まで寄越すなんて……本当に王都の本部は……って、えっ⁉　Aランク⁉」

受付嬢は思わずAランクの受領書に驚き、大きな声を出してしまった。

しかも『Aランク』などと声が響き渡れば、周りにいる冒険者たちが注目しないはずがなかった。

「あんなガキがAランク……」

「本当《マジ》かよ……」

そんな言葉がホールの中で聞こえてくる。もちろんカインの耳にも入っていた。

そして我に返った受付嬢が、自分のしでかした事に気づき、申し訳なさそうな表情をしてカインに頭を下げる。

「……申し訳ございません。思わず声を上げてしまいました」

猫耳をペタンと倒し申し訳なさそうな受付嬢に、カインは首を横に振った。

「いいですよ。もう、バレてしまっているし。そういえば……ルディさんっていますか？」

カインは幼い頃、家庭教師のミリィとニーナにギルドに連れてきてもらったことがあった。

その時に対応してくれたルディのことを思い出したのだ。

「チーフですか⁉　奥におります。少しお待ちください」

受付嬢は席を立ち、奥の席へと向かっていく。そして下を向いて忙しそうに仕事をしている犬耳の女性に声を掛けると、仕事を邪魔されたのが嫌だったのであろう、眉間に皺《しわ》をよせ嫌そうに顔を上げた。

二人が少し言葉を交わすと、ルディは少し驚いた顔をしながら席を立ち窓口へ向かっていく。

七年経つが変わっていないルディにカインはホッと息を吐いた。

「ルディさん、お久しぶりです。七年ぶりですかね？」

カインが笑みを浮かべると、ルディは思い出したかのように目を大きく見開いた。

「カ、カイン様⁉　お久しぶりでございます。それにしても……随分大きくなられましたね。すぐに応接室を用意しますから。ほらっ！　ツバキ！　カイン様を応接室に案内して」

ルディに急かされるように、受付をしていたツバキはカウンターから出てきた。

「こ、こちらへどうぞ」

まだ子供なのに、チーフが『様』をつけて呼ぶAランクの少年の事を疑問に思いながらも、応接室のドアを開けカインを案内する。

「すぐにチーフが参ります。それで、カイン様って――」

「ちょっと、どいて！」

ツバキが最後まで話す前に、ルディがツバキをどかすように応接室に入ってきた。

カインの対面に座り、ルディは深々と頭を下げる。

「カイン様、改めてお久しぶりです。本当に立派になられて……。って、ツバキ、いつまでそこに立っているの？　隣に座りなさい」

ルディの言葉に、ツバキは不思議そうに隣に座った。この少年は何者だろうと思いつつも……。

「ルディさんも元気そうで。なかなかグラシアに来ることができなかったから、本当にお久しぶりですよね」

「カイン様に覚えていただけるなんて光栄です。カイン様の事はギルドを通じて噂になっておりますから」

話が知れ渡っていることにカインは照れ臭そうに頭を掻く。

しかし、それどころではないカインは、表情を引き締めて口を開いた。

「それで……、氾濫かもしれないと王都で聞いたのでグラシアへ来たのですが……」

『氾濫』という言葉にルディは顔も引き締めた。

「まだ確定ではないですが、以前の記録と照らし合わせてもそうとしか……。魔物が凶暴化して怪我する冒険者が後を絶ちません。回復魔法が使える冒険者が足りないくらいです……」

「そうですか……。僕の方でも一度調べてみます」

カインが直接行くという言葉に、ルディの顔が引きつる。

「カイン様が直接行くというのですか⁉　何かあったら問題になりますから、それだけは……」

「これでも結構強いから平気ですよ。安心してください」

カインとルディの会話にまったく入れずに、隣でただ聞いているだけのツバキが手を挙げて話に入ってきた。

「あのぉ……チーフ、カイン様っていったい……⁉」

その言葉にルディはため息をつく。

「ツバキは知らなかったわよね。カイン様はシルフォード辺境伯であるガルム様の三男で、今は貴族の当主をしているカイン・フォン・シルフォード男爵よ」

「…………え？」

革鎧を着て目の前に座っているまだ成人にも満たないこの少年が、貴族当主だと急に言われても理解できるわけもなかった。

次第に頭の中を整理させていったツバキは、言葉をやっと理解できると猫耳をピンと立てて驚きをあらわにした。

「えっ、えっ、えぇぇぇぇぇぇぇぇ！！！！！」

パシーーン

「ちょっと落ち着きなさい」

ルディに叩かれたツバキは、叩かれた頭を擦《さす》りながら、深呼吸をする。

「は、男爵様ですか!? そんなの驚かないわけがないですよっ！ しかも話を聞いたことあります！ 王女様を助けた英雄として、グラシアにも噂は流れてきました！」

興奮した様子のツバキは、食い入るように身を乗り出してきた。

「ツバキ、あなたは落ち着きなさい。カイン様、申し訳ありません」

興奮しているツバキを横目にルディが頭を下げる。カインは特に気にする様子もなく、話をつづけた。

「今の状況を教えてもらえますか。僕もAランクになったので、何か協力できることもあると思うので……」

カインの言葉にルディは眉間に皺を寄せる。冒険者は確かに不足している。負傷者も多く回復魔法を使える人を総動員している状態であった。しかし、いくら冒険者とはいえ、貴族当主に、ましてや成人もしていない子供に頼むわけにもいかなかった。

「カイン様、お言葉はありがたいのですが、やはり怪我をされると問題に……、カイン様はすでに当主として一家を建てております。何かあってもギルドでは責任を負えません……」

申し訳なさそうにルディは頭を下げるが、カインは気にした様子もない。

「僕が一人で森へ入るのが問題なんですか？　それなら大人を同行させれば問題はありませんよね？」

カインの申し出に、それならばとルディは頷いた。

「カイン様と同行できる上級冒険者を、当ギルドでは紹介することができません……」

ルディとしても、Aランク登録をしているカインが応援に入れば戦力になるのはわかっている。実際に十歳の時にカインが王都に向かう最中に、オークの群れを殲滅したのは噂となって聞いていた。

そのカインと同行しても問題ない実力を持つものは同じAランクの冒険者となる。Aランク以上の冒険者は希少であり、カイン一人のために数少ない上級冒険者を同行させるわけにもいかなかった。

「大丈夫です。同行する人は僕で手配します。冒険者登録はしてないけど問題ないですよね？」

カインの言葉にルディは頷いた。

「それは問題ありません。ただし、その人の実力は……カイン様はAランクになりますので、同等であるとありがたいのですが……。やはりカイン様に何かありましたら、領主様に申し訳がたちません……」

ルディの言葉にカインは笑顔を向ける。

「それは大丈夫です。多分、Aランクでは収まる人ではないと思いますし。実際の実力はまだ見ていませんけどね……」

「そんな方がいるんですね……」

カインの言葉にルディとツバキの二人は息を飲む。

「それよりも詳細を教えてもらえますか……」

カインの言葉にルディは説明を始める。

「実は二カ月前からですが――」

ルディの説明では、二カ月前くらいから魔物の森に徘徊する魔物の数が増えていること。そして凶暴化しており、さらに群れで襲ってくることで冒険者たちに負傷者が多数出てきたこと。グラシア領に所属している上級冒険者に依頼して調査をさせてみたところ、過去、氾濫が起きた時と同じ状況になっていることがわかったとのことだった。

「――そういうことですか……」

カインも幼い頃に、屋敷の書物を読んでいた時、氾濫時の記録を読んだことがあった。グラシア領もまだそこまで大きくなく、外壁も木の柵程度だったため、市民にも被害が及んだと記載されていた。そのおかげで大規模な工事が行われ、高さ数メートルに及ぶ高さの外壁が造られることになった。

「現在、各都市に冒険者派遣の要請を出しております。すでに王城へも領主様を通じて騎士団の派遣も済ませております。ただ、いつ氾濫が起こるかは不明なままなので……」

悲壮感を浮かべた表情をしたツバキを横目にルディは話を続ける。

「今、グラシアの街にいる冒険者だけで三百人ほどおります。氾濫が起きなければ一番いいのですが……」

ルディは苦笑しながらもカインに説明をした。

「とりあえず屋敷に戻って聞いてきます。あ、ルディさん、明日のこの時間に負傷した冒険者を集めてもらえますか。僕も回復魔法が使えますから協力します」

カインの提案に喜ぶツバキであったが、その横でルディは顔をしかめる。

「カイン様、負傷者は数十人おります。回復魔法を使えるといっても、皆、数回魔法を唱えると魔力切れを起こしてしまう状態になります。そんなに集めても回復できなければ……」

ルディが心配そうに言うが、カインは首を横に振る。

「大丈夫です。魔力だけは人より多いみたいなので、心配しないでください。明日また来ますから」

「そうですか……。わかりました。では、明日のこの時間に集まるように通達しておきます。訓練場を解放しますので、そこに案内いたします」

「うん、明日よろしくお願いしますね。そろそろ僕も屋敷に行ってみます。グラシアの街に着いて、そのままギルドに来てしまったので」

「わかりましたカイン様、すぐに手配をしておきます。ありがとうございます」

貴族当主が目の前にいることで、ガチガチに固まったままのツバキを余所にルディは頭を下げた。

冒険者ギルドを後にしたカインは、街並みをのんびりと歩きながら屋敷へと歩いていく。

途中、料理のいい匂いをさせる店があった。丁度昼食の時間になっていたので、カインはそのまま店に入った。

「いらっしゃい！」

扉を潜ると、元気の良い中年女性がウエイトレスをしている店で、一人だと告げるとカウンターに案内された。お勧めのランチを聞くとオークのシチューとのことで、そのまま注文する。

「まだ成人もしていない子供が冒険者なんてねぇ……。噂には聞いていたけど、子供まで借り出すほど焦っているのかね、ギルドは……。坊主も命は大切にするんだよ」

先に出された果実ジュースを飲みながら、他の客を見ていると冒険者が多いようだった。数人のパーティー単位で飲みながら話をしている。

カインが聞き耳を立てていると、やはり魔物の森の話題であった。まだ怪我はしていないようだったが先日まで森に入っており、本日は休憩のようだった。彼らはテーブルを四人で囲み酒を飲みながらも作戦を立てていた。

「やはり回復魔術師は必要だな……。魔物が確実に強くなっている」

「同感だな……」

やはり魔物が凶暴になったことで、回復魔術師が不足しているようだった。

「ほれ、お待たせ。オークのシチューだよ。パンは一つでいいかい？　お代わりしたいなら言っておくれ」

「ありがとう！」

カインは置かれたシチューをスプーンで掬い口に含む。口の中にはオーク肉の旨味が全体に広がっていく。

「うん！　美味しい!!」

カインの笑顔に店のウエイトレスも笑顔になった。

「そうだろう！　うちの亭主の料理は自慢なんだっ」

カインがパンを手に取りシチューにつけてから口へと運んだ。

「これも美味しい……」

夢中で食べているといつの間にか器の中は空になっていた。

「ごちそうさまでした～」

満足したカインは支払いをしてお店を出た。

そしてその足で屋敷へと向かっていく。幼い頃に住んでいた屋敷が三十分ほど歩いていると見えてくる。

「この屋敷も久しぶりだな……」

十歳でお披露目のために王都に向かい、そのまま叙爵されたことで王都に移り住んで二年の歳月が経った。懐かしい風景を眺めながら屋敷に向かうと、門の前には衛兵が二人立っている。

衛兵は革鎧を着た少年が近づいたことにより、警戒をし槍を構えた。

「ここは領主様の邸宅だ。約束のないものを通すわけにはいかん」

「そうだ。ここは……ってカイン様⁉」

「え？　カイン様⁉」

衛兵に申し訳なさそうにカインは頭を掻く。

「お久しぶりです。冒険者の依頼でグラシアまで来たので挨拶に……兄様は？」

冒険者だと思っていた少年が、シルフォード家三男だとわかると、衛兵に一気に緊張が走る。

「はい、屋敷にジン様がいらっしゃいます。すぐにご案内いたします」

衛兵一人を残し、もう一人の衛兵とカインは屋敷へと赴く。さすがにカインは別に家を建てたことで、いくら実家とは言え、案内されるがまま屋敷へとついた。

衛兵が扉を開けて、近くにいたメイドに声を掛けた。

「カイン様が見えられた。すぐにジン様のところにご案内するように」

衛兵の言葉に、メイドは目を見開き大きく頷くと、すぐに駆けていった。すぐに数人の従者が集まってくる。そして一列に整列をし、頭を下げた。

「「「「カイン様、お帰りなさいませ」」」」

若い男性の執事が一歩前に出る。

「カイン様、ジン様の執事をしております、サバンと申します。すぐにジン様のところにご案内いたします」

「ありがとう。すぐに話をしたいから案内を頼む」

サバンは頷き、カインを案内する。十歳まで住んでいた屋敷であり、懐かしく感じながらも廊下を歩き、一つの部屋の前に止まった。そしてノックをする。

「ジン様、サバンでございます。カイン様がお見えになりました」

「何っ!? すぐに入ってくれ」

サバンは扉を開けると、その横に立ち、カインに部屋に入るように促した。

部屋は代官用の執務室となっており、書類の山に追われたジンは次々と目を通しながら決裁印を押していく。

「すぐに終わるから、そこに座っていてくれ」

「はい、わかりました」

カインはソファーに座り、サバンが紅茶を用意する。数分もしないうちにジンも仕事が落ち着いたようで、執務机から席を立ち、カインの前に座った。

「カイン、久しぶりだな……、ってカインはもう男爵様だから、『様』を付けたほうがいいか？」

「ジン兄様、冗談はやめてください。今まで通りで『カイン』と呼んでくださいよ」

カインの言葉にジンは笑みを浮かべ、サバンが用意した紅茶に口を付けた。

ジンもすでに二十歳になり、父親に似て、青い髪を後ろでまとめている。嫡男として、グラシア領全体の代官として職務をこなしており、まだ、爵位はないが、将来的にガルムの辺境伯を継ぐことになっている。

「そうか、助かる。それで今日はどうした？　こんな急に会いに来るなんて……。しかも冒険者の格好をして……しかも王都からでもここに来るのは数日かかるだろう」

「――それは、聞かないでください。それよりも魔物の森に氾濫の兆候が見られるとのことで、急いで来たのです。僕も冒険者となったので、この街の事が気になって……」

カインの言葉にジンは眉間に皺を寄せる。

「やはりそのことか……。正直、昔の文献と見比べても同じような状態だ。騎士団にもすぐ対応できるように手配はしている。王都の父上にも連絡済みだ。ただ、予兆ではな……」

確かに過去の文献と似たような状態にはなっているが、氾濫と確定はできていない。ここで、大々的に騎士団や兵士を動かして何もなかったでは済まされないのだ。慎重に事を進めているジンにカインは少し安心し、ホッと息を吐く。

「僕は冒険者として、この街に来ています。ギルドの依頼として少しでも街に貢献できるように動いてみます」

カインが冒険者として動くとしても、まだ十二歳では登録が済んだばかりなのが普通である。

「そんな危険なことを貴族の当主にさせられん！　カインはまだ登録したばかりだろう。ギルドに要請したのはCランク以上――」

ジンの言葉を遮るように、カインは冒険者カードをテーブルに置いた。そこには金色《ゴールド》に輝くAランクのカードが置かれていた。

そのカードを目のあたりにし、ジンと後ろに控えているサバンは目を見開いた。

「……!?　なんでだ!?　カインは登録したばかりだろう……」

「色々とありまして……、実力についてもお墨付きをもらっています。ほら、屋敷にも飾られているでしょう……」

カインの言葉に、ジンは王都のカインの屋敷のホールに飾られていたレッドドラゴンの剥製《はくせい》を思い浮かべる。カインが規格外だったことを思い出しながらも、やはり大事な弟であり、貴族当主に危険な真似はさせたくはないのが心情であった。

「すまん、迷惑を掛けるが街の為に協力してくれ。私もできる限りのことをさせてもらう。今日は屋敷に泊まっていけるのか？」

「はい、今日はお世話になります。もう少し街で情報を集めてくる予定ですが……」

「わかった、部屋の準備だけはさせておこう。って言っても、カインが育った部屋になると思うけどな」

ジンは笑って、後ろに控えているサバンに視線を送ると、サバンは頷いて部屋を退出していった。

「また夕方に戻ってきます。それまではギルドに寄って情報を集めるつもりです」

カインは、挨拶をしたあとメイドたちに見送られて屋敷を後にした。


やはり街では噂を聞きつけ稼ぎを求める冒険者が多くみられた。

「そういえば……ミリィさんやニーナさんはいるのかな……。ギルドで聞いてみるか」

カインは先ほどまでいたギルドに向かって歩き始めた。

数十分歩きギルドの扉を開けると、相変わらず受付は賑わっていた。魔物が多いのと、領主から討伐依頼料が上乗せされていることにより、他の街からも集まってきているからだ。

カインは先ほど話した、ツバキの列に並んだ。五人ほどの列ができており、順番を待っていると十分程度でカインの番となった。

「いらっしゃいませ、ギルドへようこ――」

話しながら顔を上げたツバキは、目の前に立っているのがカインだったことに驚く。

「カ、カイン様、また、チーフをお呼びいたしましょうか……」

緊張した様子のツバキにカインは首を横に振る。

「少し教えてもらいたいことがあってね、ミリィさんとニーナさんはこの街に……？」

カインの問いに、ツバキは資料の束に目を通していく。

「Bランクのミリィさんとニーナさんで間違いないですか？」

「うんうん」

「本当は他の冒険者の情報は教えてはいけないのですが……。あ、カイン様、ミリィさんが今、入り口から入ってきましたよ」

ツバキが指で示すほうを向くと、依頼から帰ってきたと思われるミリィとニーナがいた。しかし革鎧はあちこち傷がつき、ニーナのローブも埃塗れになっており疲れ果てた表情をしている。

「本当だっ！　ありがとう、ツバキさん」

カインは笑顔を浮かべながら、二人の元へ歩いていき、声を掛けた。

「ミリィ先生、ニーナ先生、お久しぶりです」

「ん……、って!?　カイン!?　なんでこんなところに!?」

「カインくん……きた。これで少し安心」

カインがいきなり登場したことに驚いた二人だったが、カインの笑顔に癒されて疲れ果てた顔が緩んでいく。

「ニーナ、私が受付しておくから、カインと一緒に酒場に行っておいてくれる？」

「ん、わかった。カインくん行こう」

「ミリィ先生、先に行っていますね」

カインとニーナの二人はギルドに併設された酒場へと入っていく。グラシア領には冒険者が多く集まっており、酒場のテーブルもほとんど埋まっていた。二人は三人が座れるテーブルに案内されると、そこに座りドリンクと軽食を頼んだ。

「カインくん、久しぶり？　学園の授業以来？」

「そうですね……。あの時は……」

冒険科の授業でミリィの兄のクロードが来た際に散々からかわれ、そのストレス発散の為に魔物の森で超級の複合魔法を放ったことを思い出す。もちろんその後に国王にバレて散々説教されたことも含めてだ。

運ばれてきたドリンクを受け取り、その後もニーナと雑談をしていると、依頼完了の報告を済ませたミリィがやってきた。

「まったく、冒険者が多すぎて時間かかり過ぎ」

少し不貞腐れたミリィは置かれたドリンクを一気に流し込む。

「ん。仕方ない。この状況なら……」

「確かにそうよね……ところでカインはなんでグラシアへ……って王都にも募集が出ているからか……。そういえば兄貴とは一緒に？　兄貴もこっちに向かっているはずなんだ」

「クロードさんもグラシアに？　僕はちょっと急いできたから……。それよりも森はどうなっていました？　その様子だと森からの帰りだと……」

カインの問いに二人は顔色が暗くなる。

「森の魔物が多い。あと強くなっている。新人じゃ無理」

「ニーナの言う通りだね。確実に魔物が強くなっている……。しかも群れているから二人じゃ奥に踏み込むのは無理。依頼料も高くなっているけど……。私たちも兄貴たちが来るのを待っている状態なの」

「そうですか……。後で兄にも聞いてみます」

その後もカインは軽食をつまみながら、魔物の森の状況などを二人から聞いていった。二人は定宿があるとのことで、ギルドの前で別れカインは屋敷へと戻る。


屋敷ではジンが相変わらず書類に追われていたことで、一人で部屋に戻る。

「明日から少し森に入るかな……って、あっ！　屋敷に何も言ってなかった！　またシルビアに怒れる！」

カインは王都の冒険者ギルドからそのままグラシアに転移したことで、コランやシルビアに何も言っていなかった。すぐに転移魔法を唱え、カインは王都の屋敷へと戻る。鎧を脱ぎ、服を着替えると、コランの執務室へと向かった。ノックした後に扉を開ける。

「コランいいかな」

扉を開けると、コランは忙しそうに書類に目を通していた。

「カイン様、お帰りなさい。……その表情は……何かありましたか？」

カインの深刻そうな顔にコランは仕事をすぐやめて、カインの前に座った。

「コラン、明日から少しの間、グラシア領に行くよ。今日、ギルドに行ったら氾濫が起きるかもしれないと……」

コランはカインの言葉にため息をついた。

「聞いてしまいましたか……。セバスよりその件については聞いております。カイン様がその件を耳にしたら確実にグラシア領に向かうかもしれないと……」

「うん、もちろん行くよ。すでにギルドで申し込んだから」

カインの答えに、コランはすでに諦めた表情をする。

「それでは明日にでも、グラシアに向かえるように馬車の手配を――」

コランの言葉の途中でカインは手で制した。

「コラン、それはいい。冒険者として行くから。馬車で行くより自分で向かったほうが早い」

カインの言葉にコランは眉間に皺を寄せる。寄合馬車で貴族の当主を向かわせるわけにもいかない。シルフォード家の馬車で向かうより、馬に乗っていったほうが早い。そんなことを考えているコランにカインは予想外の言葉を発した。

「魔法で行くから」

カインの一言にはさすがのコランも驚きの表情をする。

「魔法で……ですか……」

「うん、魔法で」

国王や宰相、ガルム達も断片的には知っているカインの隠された能力。その能力をもってすればグラシア領まで行くのは容易いことだった。

「――わかりました。ガルム様には私から明日、伝えるようにいたします」

「ありがとうコラン」

「でも、無理だけはされないように……」

「大丈夫！　話はそれだけだから、すぐにグラシアに向かう準備をするね！」

カインは急いだ様子で、コランの執務室から出ていった。

「また……やり過ぎなければいいのですが……」

カインが出ていった扉を眺めながらコランが呟いた。

カインはすぐに部屋に戻ると、そこから転移魔法を使いグラシアの街にある屋敷へと転移した。すでに日は傾いており、屋敷に着いた途端、扉がノックされメイドから声が掛かる。

「カイン様、よろしいでしょうか。夕食の準備が整いました」

「うん、すぐに向かうから」

王都で着替えを済ませていたカインは部屋を出ると、部屋の外で待機していたメイドに案内されてダイニングに向かう。

すでにジンも席に座っており、カインはその隣の席に案内され席に座る。目の前には二人には少し多い料理が並んでいる。

「男爵殿が来たのだからな、盛大に歓迎しなくては」

ジンは笑いながら言うが、カインは照れ臭そうに頭を掻く。

「ジン兄様、冗談はやめてくださいよ」

「あははっ、カインは独り立ちした貴族当主だからな。そうもいかないのだ。これくらいは我慢してくれ。それではいただこう」

食前のお祈りをした後に料理に手をつけていく。

やはり、ジンも魔物の森の氾濫を心配しており、冒険者ギルドに助成を行い、依頼料に上乗せするように手配していた。冒険者も他の街から増えているが、一向に魔物が減る様子もないことに苦労している。

「カインも森に入るのか……。いくらAランクとはいえ気を付けるんだよ」

「はい、わかっています」

二人は久々に食事をしたことで、王都での生活などを話していく。食事が終わり部屋に戻ると明日から森に入るために早めにベッドに潜り込んだ。


次の日、朝食を済ませたカインは冒険者ギルドへと向かう。前日に回復を行うことをギルドに伝えていたからだ。カインがギルドの扉を開けて中に入ると、多くの冒険者たちがいた。そして、ホールで待機していたルディがすぐにカインに気付き近づいていく。

「カイン様、おはようございます。掲示板に無償で回復を行うと貼りだしたのですが、想像以上の人数が集まってしまい、今訓練場に待たせております……。かなりの人数になるのですが……」

ルディとしても集めた手前、何もせずに帰すこともできなかった。最悪、ギルドからポーションを配布することも視野に入れていた。しかし、この状況で限られているポーションを出してしまった場合、もし氾濫が起きてしまった時、足りなくなるのは目に見えていたことから控えられていた。

「ルディさん、大丈夫ですよ。案内してください」

「はい……、では案内いたします」

ルディの後について訓練場に向かうと、数十人の冒険者たちが床に座った状態で待っていた。中には仲間に看病され寝ている状態の者もいた。

「こんな状態なんです……」

申し訳なさそうな顔をするルディにカインは笑顔を向けた。

「大丈夫です。魔力は多いので」

カインは重症者から回復魔法をかけるために、ルディと共に回っていく。一番重症に見える冒険者は体中包帯に巻かれすでに意識もない状態であった。

二人が近づくと、その仲間と思われる冒険者たちが気付く。

「おいっ！　掲示板見たが、本当に治るんだろうな!?　ストームは大丈夫なんだろうな!?」

ルディに勢いよく迫ってくるが、カインが前に出る。

「大丈夫です。まずは回復させますね。『ハイヒール』」

カインが魔法を唱えると、包帯で巻かれた冒険者が光に包まれていく。次第に光が消えていき、完全に消えると、寝ていた冒険者が意識を取り戻す」

「……ん……」

気づいたストームに仲間の冒険者が驚いたように近づく。

「おいっ！　ストーム！　大丈夫かっ⁉」

「……ん……ギルラ……どうした？　そんな泣きそうな顔をして……」

包帯の隙間から見える口は笑みに見えた。

「もう痛みはないか⁉」

包帯で巻かれた冒険者は起き上がり、自分の身体の状態を確認する。

「……なんだこれ……、そうか……あの時下手うったか……。ギルラがここまで……。ありがとな……」

包帯を外しながら、隣で泣いているギルラの肩に手を置いた。

「あんたが回復かけてくれたのか……すまなかった。おかげで助かった」

「そうだっ！　あんたありがとう！　優秀な回復魔術師なんだな。まだ子供なのに」

ギルラとストームの二人がカインに頭を下げる。

その二人の仲の良さにカインは笑顔になる。

「いいんですよ。まだ他にもいるのでこれで……」

カインは頭を下げる二人を後にして、次々と回復魔法をかけていく。数十人に魔法をかけているカインを信じられない表情で冒険者たちは見ていた。

そして最後の一人に回復魔法をかけた。

「これで最後ですね……」

「はい、ありがとうございます。それにしてもカイン様はこれだけ魔法使っても大丈夫なんですね」

「うん、魔力量は多いからね。それでは僕は行きますね」

訓練場を出ていくカインとルディの二人を冒険者たちは感謝の気持ちで見送った。

ホールに戻ると、未だに受付には多くの冒険者たちが並んでいる。

「ルディさん、魔物を倒すだけなら、受付しなくてもいいですよね？」

カインの言葉にルディは首を横に振った。

「今魔物の森は危険な状態なので魔物の森に入る冒険者は受付をしてもらうことになっていますが、カイン様の登録は私の方でしておきます」

「ありがとうルディさん、では森に行ってきますね」

「はい、カイン様お気をつけください。冒険者たちの回復ありがとうございました」

カインは頭を下げるルディに挨拶し、ギルドを後にすると魔物の森に向かうための東門へと向かった。

門からは続々と息巻いた冒険者たちが魔物の森へと向かっていく。カインもその後を追うように森へと向かった。森の入り口につくと、至る所で戦闘音が聞こえてくる。

「さすがにこんなところで戦えないよな……、ハクとギンも出したいし。もうちょっと中に入るか」

カインは人から隠れるように草むらに入ると、転移魔法を唱えた。

転移した場所は、以前カインが倒したレッドドラゴンがいた場所だ。先日、大規模魔法を放った痕跡が至る所に残っており、その光景を見てカインは苦笑する。

カインが急に現れたことに驚きつつも獲物を見つけた魔物はカインに近づいていく。

探査《サーチ》ですでに気づいているカインは気にせずに召喚魔法を唱えた。

『召喚《サモン》〝ハク〟〝ギン〟』

二つの魔法陣が現れ、そしてハクとギンが現れる。

「クゥーン」「キュィ」

召喚されたことで喜んでじゃれてくるハクとギンにカインは指示を出す。

「ちょっとここの近くで遊んでこい！」

カインが言うと、ハクとギンは喜んで魔物へと向かっていく。やはり神狼《フェンリル》と神竜《エンシェントドラゴン》である。いくら魔物の森が凶悪化していても、レベルが違っていた。異世界ファビニールの魔物よりは劣っているので、次々と魔物を葬りながら進んでいく。

それでも森から続々と魔物が切れることなく集まってくる。

「本当に言っていた通りに魔物が多いな……」

カインも剣を抜き、迫りくる魔物を切り裂いていく。難なく切り裂いている魔物も、冒険者ギルドではAランクに指定されている魔物だが、カインは特に気にする様子もなく倒していく。

このままだと魔物の山が出来上がってしまうので、カインは倒しながらも次々とアイテムボックスへと仕舞っていった。三十分ほどひたすら剣を振っていると、魔物の勢いが次第になくなっていく。

一時間も経過すると森から出てくる魔物もいなくなった。

「やっと落ち着いたか……」

カインはハクとギンが倒した魔物をアイテムボックスに仕舞いながら歩き回る。すでに三桁を大幅に上回る魔物の死骸をアイテムボックスに収め、カインは水筒を取り出し、水を飲む。

「ふぅー、美味いっ。ちょっと休憩してから戻るかな……。ここまで多いのは確実におかしい。ちょっと調べてもらおうか……」

カインはさらに召喚魔法を唱え、セトを喚《よ》んだ。

魔法陣から現れたセトは周りの景色を見回してから、カインの姿を見ると膝を突く。

「……ん？　これはカイン様！　どうかされましたか」

仮にも魔王という称号を持ち、禍々しい威圧感を放っているセトにカインはお願いをする。

「セト、この森の魔物が急に増えているんだ。原因はわからない……。セトなら調べられるかなと思ってさ」

カインは自分の魔法で破壊した手ごろな岩に腰を掛ける。セトは立ち上がると森のほうを向き魔力を薄く広げていくが、次第に表情が険しくなっていく。五分くらいの間一言も発せずにセトは森のほうを眺めていた。そして魔力を抑えるとカインに向き直る。

「カイン様、奥に強烈な気配を持っている者がいます。それが原因かと……。そこに辿りつくのにも相当な数の魔物が徘徊しているようです。私でもそこまで辿りつけるかは……。さすがにこの数は異常ですね。我が国も魔物は多いですが、これは異常としか言いようがありません」

カインより広範囲を探査《サーチ》したセトは、強大な気配を感じ冷や汗をかく。カインはセトの答えに森の奥を見てため息をつく。

「そんなのがいるのか……。もしグラシアにそんな魔物が出てきたら大変なことになるな……」

「ここまでの魔物は魔族領にもいませんよ？　ここはいったい……」

二人で話している間も、ハクとギンは森から出てくる魔物たちを始末していく。

「セト、この森を調べることはできる？」

セトは顎に手を添え少し考えながらも頷いた。

「それなら我が部下に探索が得意な者がおります。明日まで時間をいただけますか。調べておきますので」

「うん、わかった。助かるよセト」

「これくらいなら問題ありません。では私の方でも調べておくのでこれで」

セトは軽く頭を下げ森の中へと消えていった。

カインも一度屋敷に戻ろうとハクとギンに声をかける。

「ハク！　ギン！　そろそろ帰るよ」

カインの声にハクとギンは満足したようにカインの元に飛んでくる。しかし、魔物を食い殺していることで、ハクは全身を真っ赤に染めていた。

カインはハクとギンが倒した魔物をアイテムボックスに仕舞い、ハクとギンを送還すると、転移魔法で街の近くへと飛ぶ。草むらから出ると、冒険者としてギルドカードを見せて門を潜っていった。

向かった先は冒険者ギルドだ。扉を潜り、カインは受付へと向かう。まだ冒険者が帰ってくるには早い時間だったので、受付に並んでいる者は少なかった。カインは空いている受付嬢に声を掛ける。

「こんにちは、冒険者ギルドへようこそ！　本日のご用件は？」

「魔物を倒してきたんだけど、素材はどうすればいいですか？」

笑顔の受付嬢に魔物の素材を置く場所を聞くと、引き出しから一枚の紙を出し渡された。

「ここから門に向かう途中に素材置き場がございます。そこで査定を行い、引換券をこちらにお持ちください」

「ありがとう、そちらに行ってみますね」

カインは案内図を見ながらギルドを後にし素材置き場へと向かった。

「この建物だよな……」

倉庫のような建物の扉を開け中に入ると、魔物の素材が山積みにされていた。

解体をするギルド職員が、忙しそうに人員を振り分けて解体をしている。カインは近くにいたギルド職員に声を掛けた。

「魔物の森の素材の持ち込みなんですが……」

「何!?　素材だったら、あそこにスペースがあるだろう。あそこに運んでくれ！」

職員が指さす方には、十メートル四方のスペースがあった。ただ、カインが狩ってきた魔物の数は三桁に及ぶ。しかもAランクなど高ランクの魔物ばかりだ。

「……このスペースじゃ足りないんだけどな……」

忙しそうに走り回る職員を横目に、置ける範囲で魔物の死骸を置くことにした。魔物を順に出して置いていくと、職員たちの手が止まる。

すでにカインは数十体の魔物を山のように積んでいるからだ。

「おいっ！　坊主！　ちょっと待ってくれ！　その量は無理だっ！　しかもなんだこの魔物はっ⁉」

グラシア領で冒険者たちが狩ってくる魔物は精々Bランクまでの魔物だ。カインが狩ってきた魔物はAランク、さらに上のSランクに分類され、小さいものでも三メートル以上、大きいものは十メートル近くのサイズの魔物が数多くアイテムボックスに収められている。

見たこともない素材に、職員が手を止めて見入るのは無理もなかった。

責任者と思われる恰幅の良い職員がカインに近づいてきた。

「おいっ、この量はなんだっ⁉　こんな高レベルの魔物が森にうろついているのか⁉」

（魔物出しすぎちゃったか……）

カインは少し反省をしながらも頷いた。

「こんな魔物が森から出てきたらとんでもねーぞ！　誰か、本部に行って誰か連れて来てくれ」

職員の言葉に、若い職員が返事をして走っていく。

「お前のランクでこんなの倒せるのか？　いや……、この魔物を持ってきているのが証明しているか……」

まだ子供にしか見えないカインに責任者は怪訝《けげん》な表情をしながらも話を続ける。

「――もしかして、素材はまだあるのか……？」

責任者の言葉にカインは無言で頷いた。アイテムボックスの中で死蔵していても問題ないし、王都で引き取ってもらっても良かった。さすがにこの状態でそれ以上の素材も出すつもりはなかったが。

五分ほどでギルド本部へと呼びに行った若い職員が戻ってきて、その後に二人の職員がついてくる。一人は中年の男性で、もう一人は犬耳をしたルディだった。

「この忙しいのに……何があったのだ⁉」

男性の質問に、倉庫の責任者は耳打ちし、カインが置いた魔物へと案内する。男性はその高ランクに分類される魔物の山に目を見開く。

「……こ、これは……。こんな高ランクの魔物が森の近くで徘徊しているのかっ⁉　こんなのが森から出てきたら……。この魔物を持ち込んだ冒険者は誰だっ⁉」

駆け付けたギルド職員の言葉に、そこにいる全員の視線がカインに集中する。職員もその視線に気づきカインに視線を向けた。

「――も、もしかしてこの子供が……⁉」

「あ、もしかしてカイン様がこの素材を⁉」

男性とルディの声が同時に発せられた。

「「「「……カイン『様』⁉」」」」

全員がルディの言葉に、目を丸くする。そしてわかっていない同行した職員にルディは耳打ちをした。

ルディの言葉に、先ほどまでの悪態をついていた職員は目を見開き、態度が嘘のように丁寧になっていく。

「カイン様、さすがにこの量を持ち込みになるとは……、ジルさん、この量さばけますか？」

「この量じゃ、すぐに査定終わらんぞ……後日でいいか……」

倉庫の責任者のジルも魔物の素材の山を眺めながら呟く。

カインは頷いて割符をもらい、ルディに案内されてギルドへと向かった。

応接室に案内されたカインはルディと男性職員と三人でソファーに座り対面する。

「カイン様、この度は魔物の討伐ありがとうございます。グラシア支部でサブギルドマスターをしていますゲランと申します。ギルドマスターは氾濫の可能性があるということで、王都本部に出向いており、不在となりますので私が対応させていただきます」

サブギルドマスターと名乗ったゲランは頭を下げる。

「僕も冒険者ですので、協力させてもらいます。生まれ育った街ですから……」

「そう言っていただけるとありがたいです。今は冒険者がいくらいても足りないくらいですし……」

「それでカイン様……、今日持ち込んだ魔物の素材ですが、今まで見たこともないものばかりなのですが……」

ルディはカインの持ち込んだ魔物が森の入り口あたりで狩られて運ばれてくる魔物とは全く違うと

いうこともあり、カインに質問をした。

「結構奥まで行きましたからね……。奥にいくとゾロゾロとあれくらいのランクの魔物がいましたよ」

カインの言葉に二人は唾を飲む。いくらカインがAランクの冒険者とはいえ、ソロで狩れる魔物のランクではないのだ。

「そうですか……。あのランクの――」

ドガガガガガガ……。

その瞬間に、ギルドの建物が大きく揺れた。

「えっ、えっ⁉　何⁉　地震⁉」

いきなりの大きな揺れにルディは驚きを露わにした。

そして、カインの後ろにフードを被って顔を隠したセトが突如として現れた。いきなり現れたフードで顔を隠した怪しい大男のセトに職員の二人は警戒するが、カインが知り合いだと説明をする。

「カイン様、緊急事態です。氾濫が起きました。奥地の魔物が一斉に動き始めています」

セトの言葉で三人に緊張が走る。

「それは本当⁉　大変‼」

「ギルド長がいない時に……こんなことになるなんて……」

何をしていいのかわからず焦っている二人にカインが指示を出す。

「ルディさん、領主邸まで報告をお願いします。騎士団を出して街の防衛に協力してもらえるように伝えてください。代官のジン兄様がいますから。あとゲランさんは冒険者をまとめてください。僕は魔物の森に向かいます」

カインは席を立つと、セトを伴って応接室を出た。後ろからルディに呼ばれていたが、気にせずにホールを出ると、そこにはグラシアに到着したばかりのクロードとリナがいた。

「おいっ！　カインがいるじゃねーか！　カイン！　さっきの地震は……もしかして……」

クロードに気付いたカインは、クロードの傍に寄り小声で説明をする。

「これから、ギルドから説明があると思います。さっきの地震は氾濫が起きた影響で間違いないかと。僕は先行して魔物の森に向かいます」

真剣な表情のカインにクロードは表情を引き締める。

「……わかった。お前の強さは知っているが、無理はするなよ？　俺らもミリィとニーナが来たらすぐに向かう。だから絶対に……」

「カインくん、絶対に無理はしちゃ駄目だからね。すぐに向かうから」

二人の言葉にカインは笑顔を向け頷いた。

「大丈夫です。一人ではないですし」

カインは後ろに控えているフードで顔を隠したセトに視線を一度送り、クロードを見て頷く。

「ではまたあとで……」

カインはセトを伴いギルドを後にした。

「カイン様、転移でいけばすぐなのに……」

わざわざギルドから門に向かって歩いているカインにセトは小言を言う。

「人間で転移魔法使える人なんていないの！　使ったら大変なことになるでしょ。ただでさえ陛下たちから自重しろといつも言われているのに……」

カインは苦笑しながらも、門に向かって歩き続ける。

「人間族は大変なのだな……。魔族は高位の者なら誰でも使えるからな。私も王城から逃げ出すときに……」

フードを被り表情は見えないセトも、苦い思い出を思い浮かべながら歩くのだった。


魔物の森側の門では衛兵が慌ただしく走り回っていた。昼間は全開で開いている門も、半分ほど閉じられた状態で、異常があった際にはすぐに完全に閉じられるようになっていた。

冒険者たちも逃げるように、門へと滑り込んでくる。

「やばい、あれはやばい！　魔物が一気に消えた！　あれは氾濫の予兆だろ」

「多分そうだ、一度ギルドに戻るぞ」

魔物の森から戻ってきた冒険者たちは口々に氾濫の話をしながらギルドへと向かっていく。

カインとセトの二人だけが、逆に門へと向かっている状態であった。

「きみ！　もう門は閉めるぞ。冒険者たちの話を聞いただろう？　氾濫が起きる！　子供は街に戻るんだ」

衛兵が焦りながらカインに説明をするが、カインは首を振る。

「大丈夫です。先に森に出ますから」

カインは金色《ゴールド》のギルドカードをポケットから出し衛兵に見せる。

「あ、Aランクの冒険者でしたか……。失礼しました。お気をつけて」

子供だと思っていたら上級のAランクの冒険者だと知った衛兵は道を空け、カインを見送った。

カインとセトは門を抜け、森へと走り始めた。二人のスピードはとても人とは思えないスピードで道を走り抜けていく。

森から疲れ果てて逃げるように街へと向かう冒険者たちも、二人の走るスピードに驚きの表情を見せる。しかしそれよりも早く街に戻ることに意識を戻していく。

走り続けた二人は森の入り口へと着いた。

森の入り口には魔物の気配はない。冒険者たちもすでに森から出ているようだった。

「……奥に集まっているな……相当数……」

「そうだね……ここから数キロ奥か……。他の冒険者は……」

二人は森の入り口に立ち探査《サーチ》を使い、森の中を探りながら話をする。

「もう冒険者はいないな……。カイン様、いきますか。久々に腕が鳴る。王座に座っているだけではつまらんからな」

カインは横にいるセトが魔王だったことを再認識し苦笑した。

二人は飛翔《フライ》で飛び上がると、木々の上をゆっくりと奥へと進んでいく。

「カイン様、多少森が壊れるかもしれないが……構いませんよね？」

「街の安全が最優先だ。多少は仕方ないと思う」

セトはニヤリとすると、カインも頷く。

二人は少し離れて並走するように飛び、魔物の群れへと向かっていく。

そして数キロ奥へと進むと――。

空に浮かんでいる二人の眼下には、数万体の魔物がひしめき合っていた。木々の隙間を数キロに渡って埋まっており、魔物たちはいつ号令がかかり街に向かうのかを待ち望んでいるようにも見える。

「これはまた……」

「ここまでいると壮観だな……」

二人はあまりの魔物の数に頬が緩む。

「カイン様はあっちで、私はこちらをやりますので」

「うん、やり過ぎないように」

「それはカイン様では……？」

二人は笑顔で頷くと、左右に分かれていく。

「飛ぶやつがいないのが幸いだったな……」

カインの視界内には低級のゴブリンの群れをはじめ、Aランクに分類される魔物たちがいる。

そして蹂躙は始まった。

『獄炎地獄《インフェルノ》』

カインが最初の魔法を放つ。

ファビニールで辛い修行をしてきたカインの魔法の威力は、同じ超級でもレベルが全く違った。

カインの元を離れた青白く燃え盛る炎の渦は数百メートルに達し、魔物たちの犇《ひし》めく中へと襲い掛かっていく。

魔物たちはいきなり空から降ってくる魔法に、ただ眺めながらこの世から消滅していくしかなかった。

炎の渦は、意識を持っているかのように移動しながら次々と魔物を飲み込んでいく。

カインの放つ魔法の炎から逃れた魔物たちは同時に動き始めた。


――忌々しい人間がきたか……。我が眷属たちよ、街へと向かえ。すべてを蹂躙せよ。人間を一人残らず食い散らかせ。


魔物たちは脳内に響く声が導くままに行動を開始する。

横幅も数キロに渡った魔物たちが同時に移動すれば、二人ですべて対応するのは不可能であった。

カインは常識外の強さを持っているが、いくら魔王とはいえセトにそこまでの強さはなかった。

二人が次々に放つ魔法を掻い潜った魔物たちは、グラシアの街へと進んでいく。

「チッ、私の威力じゃ打ち漏らしちまうか……」

セトは舌打ちをしながらも、魔法を連発して放っていく。効率の良い上級魔法を放ちながら、カインを見ると、とんでもない威力の魔法を連発しており、その威力に唖然とする。

「――最初に従順したのは正解だったな……」

セトの何十倍もの威力のある魔法を次々と放ち、延々と繰り返される魔法を見て冷や汗を流す。

「うちの国に招待したときは言い聞かせておかないと……国が一瞬にして滅びそうだな……。いけない、まずは自分の仕事だな……」

セトは自分のできる範囲の魔法を次々と放っていくが、その合間を縫って抜けていく魔物は気にせずにいた。街には大勢の冒険者の討伐隊がいたのを知っており、そいつらに相手をさせても問題ないと思っていたからだ。

「このままでは埒《らち》があかないな、呼ぶか……」

セトは魔法を放つのをやめ、カインの方へと向かっていく。

「カイン様、このままでは終わりません。カイン様は元凶のほうへ。ここは私が止めます。一人では無理なので、召喚魔法で私の部下たちを呼んであたらせます」

セトの言葉に、カインは魔法を放ちながら頷いた。

「セト、ここは任せた。できるだけ街へ行く魔物を抑えて。低級なら街の騎士や冒険者でも問題ない。僕は元凶を探しにいってみる」

カインはそう言葉を残し、さらに奥へと魔法を放ち魔物を殲滅しながら飛んでいく。

セトはカインが飛んで行ったのを確認し、召喚魔法を唱えた。セトの周りには四つの魔法陣が浮き上がる。そして、そこからセトの部下たちが現れた。

「魔王様、急な呼び出しなんて……ってこれは⁉」

呼び出された部下たちも、眼下の魔物の群れに驚きの表情をする。

「ちょっと知り合いに頼まれていてな。ここを抑える必要がある。お前たちもすぐに取り掛かれ」

「……知り合いに頼まれたとは……、魔王様に頼むやつなど……」

「口答えはいい！　すぐにやれ」

セトの口調が厳しいものになり、目つきも鋭くなる。それを察知した部下は口を紡ぐ。

「わかりました。お前たちいくぞ」

「「はいっ」」

セトが呼んだ四人の部下は、四方に散り散りに飛び、攻撃魔法を放っていく。しかしセトより劣る魔力量の四人が範囲魔法を放っていくが、あまりの多さに数を減らすも数万体の魔物に対しては無力であった。


カイン達が森へと入っていった頃、冒険者ギルドではサブギルドマスターのゲランが演台に立ち冒険者たちに説明をしていた。

「――依頼料については今話した通りだ。これから西門より出て街の防衛にあたる。Bランク以上の上級冒険者は前に出ても構わんがCランク以下の冒険者は街の周辺の防衛にあたってもらう。また、下級冒険者は街の外に出ることは許さん。回復薬の運搬をやってもらう。それでは行け！」

「「「「「おおぉ！！！！！」」」」」

サブギルドマスターのゲランの掛け声で、冒険者たちは自分の役目を果たすべく、次々と冒険者ギルドを後にしていく。

クロードとサラもすでにミリィとニーナと合流し、臨時パーティー登録をしていた。

「早く行こう。カインがもう戦っているはず……。カインは強いけどどれだけ魔物が出てくるかわからないし。早く助けに行かないと……」

ミリィの言葉に全員が頷いた。クロードとサラは旅装を宿におき、焦る気持ちを抑え装備を整え門へと向かう。

門の周りは厳重に警備され、外に出るのにもギルドカードを掲示し、ランクの確認が行われていた。四人は各自ギルドカードを掲示して門を出た。すでに魔物の進行を防ぐために馬防柵の準備が行われていた。街の外側で迎え撃つ冒険者と、森へと入り魔物の進行を止めるグループに分かれており、高位冒険者たちは戦闘の準備を進めている。

森へと入る冒険者は約五十人。そのグループに四人は入った。騎士団も同じように準備がされている。緊張した表情をしながら、冒険者と協力をして迎え撃つ準備を進めている。すでにトリスタの砦にも応援要請が出されているが、間に合うのかは不明である。

「それでは、先行して森の状態を確認する部隊は先ほど志願してもらった者たちに任せる。何かあれば魔法を打ち上げるなり、連絡のためにすぐに戻るように頼む」

サブギルドマスターのゲランが冒険者たちに指示を出しているときに〝それ〟は起こった。

ドガガァァァーーーン

大きな揺れが起こり、森の奥から火柱が上がる。街壁の上から監視をしていた冒険者から大声で状況が伝えられる。

「今の揺れと同時に大きな炎の竜巻が発生しております。そして――あちこちから最初よりも小規模ながら火柱が……。あれはいったい……」

カインが放った魔法だったが、知るはずもない冒険者たちはとても人の領域では出せる魔法ではない規模の炎の竜巻を見て震えあがった。

「森の中では何が起きているんだ……」

ゲランはそう呟くしかなかった。

「あれは……超級魔法の『獄炎地獄《インフェルノ》』よ。規模は常識では考えられないほど大きいけど……きっとそう。もしかしてあれは――カイン……？」

リナは遠くから上がった異常とも思える炎の竜巻を見て呟いた。

「ん。カインかも……。でもあの魔法の規模はありえない……本当に人間？」

ニーナも炎の竜巻を眺めながら同じことを考えていた。

「あの規模はやばい……。カインかもしれんが……とりあえず森に入るぞ」

クロードの掛け声に全員が頷き森へと踏み込んでいく。

森の入り口には魔物の姿は見受けられなかった。街へと逃げ帰ってきた冒険者たちからは、多数いた魔物がいきなり人を襲うことをやめ、森の奥へと呼ばれたように戻って行ったと……。

注意深く進んでいくが、ニーナの探査《サーチ》にも反応しなかった。

「ん。魔物が一体もいない……」

ニーナは全員に伝える。魔物の気配はない中、注意深く進んでいくと、突如、探査《サーチ》に反応があった。

「くる。いっぱい……。数えきれない。危険……」

ニーナの言葉で全員に緊張が走る。

「くるぞーーー！！！」

クロードが他のパーティーにも伝わるように大声で叫んだ。

そして地響きのように地面が揺れ始めた。

「あと一キロもない。準備」

頷いた全員が、自身に強化魔法《ブースト》を掛けていく。

――そして魔物の群れが視界に入ってきた。

ゴブリンの群れを筆頭に森狼《フォレストウルフ》など低級の魔物、三メートルを超えるオークやオーガ、そして見たこともない魔物も次々と視界に入ってくる。

「これ多すぎだぞ……」

クロードは大剣を構え、あまりの数に冷や汗をかきながら呟く。

その時、その魔物の集団へ火柱が上がった。先頭を走る魔物の数十体が魔法で吹き飛ばされていく。

「何っ⁉」

魔法が放たれた上空を見上げると、フードを被った者が一名、空に浮かんでいる。

「人が宙に浮かんでいる⁉」

「ありえない……」

カインは空に浮かぶことが可能なため驚く事はないが、他で理解できる者はいない。その間にもその謎の男は魔法を放っていく。魔物たちは次々と蹂躙されていくが、その間を抜けていく魔物たちにリナとニーナは魔法を放っていく。

『真空刃《エアカッター》』

『氷矢《アイスアロー》』

互いに得意な属性魔法を放ち、クロードとミリィの二人がリナとニーナを守りながら残った魔物を殲滅していく。

倒してもキリがない魔物の群れにクロードとミリィは剣を振っていく。

「いつまで続くんだ……」

休む間も与えられない四人に疲れの表情が出てくるが、その時、後ろから応援が到着した。

「待たせたな！　私たちも援護する」

お揃いの金属の鎧を着た騎士団が、クロードを追い抜かし魔物を殲滅していく。

「助かったぜ……」

騎士団が前衛に立ったことで、剣を杖にして肩で息をしながらクロードは礼を言う。ミリィも満身創痍で座り込んだ。

先ほどまで宙に浮き魔法を放っていた謎の男もいつの間にかいなくなっていた。

「さっきのあいつは一体……」

息を整えながらすでに誰もいない上空を見上げクロードは呟いた。

カインはセトとその部下たちに魔物の進行を抑えるように指示したあと、上空から探査《サーチ》を使い氾濫の元凶を探っていく。

上空から上級魔法を両手で連続で放ちながら進んでいくと、黒い靄《もや》で覆われた場所が見えた。

その周りには、草木がなく、魔法で焼かれたように地面がむき出しの状態になっており、カインが今までに見たこともない魔物も見受けられた。その他にも緑色鱗に覆われたフォレストドラゴンや、以前、倒して屋敷に飾られているレッドドラゴン。オーガやオークの最上位種であるキング種たちが靄を囲んでいる。

「あそこが原因か……」

カインが上空から眺めると、一体のドラゴンが上空のカインに気づき鳴き声を上げる。その鳴き声に倣って魔物たちが一斉にカインに視線を送った。

「見つかったか……、一気にやるか……」

空を飛べるドラゴンは羽を羽ばたかせカイン目掛けてブレスを吐き出す。まだ距離があるカインは余裕で躱すと、剣を抜き魔物の中へ飛び込んでいく。

片手で剣を持ち、もう片方の手を魔物たちへ向け魔法を放つ。

『獄炎地獄《インフェルノ》』

カインの底知れない魔力と神々の加護によって増幅された炎の渦は魔物たちの中へと着弾する。

グギャァァァァァーー
魔物たちは炎に焼かれ、一瞬にして命が刈り取られ炭の塊と化していく。数発の超級魔法を放った時には周りの魔物たちは一掃されていた。

魔物は一掃できたが、まだ中心の黒い靄は残っている。その前に着地したカインは周りを探査《サーチ》で探っていくと、森の中から靄の中心へと魔物がさらに集まっているのを感じた。

『召喚《サモン》〝ハク〟〝ギン〟』

カインのすぐ横に魔法陣が二つ現れ、そこからハクとギンが現れた。カインに喚んでもらえたハクとギンはカインに抱き着いてくるが、カインは一撫でしたあとに指示を出した。

「ハク、ギン、僕はこの黒い靄を調べる。ここに集まってきている魔物たちを任せても大丈夫かい?」

ハクとギンは軽く鳴き声を上げたあと、周りから出てくる魔物を探り始めた。ハクは走り始め、ギンは空からカインの周りを回り始める。

「任せたよ」

カインはそう言うと、黒い靄へと向き直った。

「これは……どうすればいいのかな……。なんか嫌というか邪悪な怨念のような感じがする……」

手始めにカインは魔法を黒い靄へと放つが何も変化はなかった。

「だめか……」

悩むカインの周りでは、次々と現れる魔物たちにハクとギンが襲い掛かっている。圧倒的に体格の小さいハクとギンだが、スピードと秘められた力で魔物たちを圧倒していた。

ハクとギンを見て安心したカインは、黒い靄を前に腕を組んで悩む。すると黒い靄が少しずつ晴れていきそこに現れたのは真っ黒いドラゴンだった。

「黒いドラゴンか……」

身構えたカインを黒いドラゴンは首を上げ見据える。

『ここまで眷属を殲滅したのはお前か……。——それにしてもジジィどもの匂いがプンプンするな……』

脳内に直接語りかけるドラゴンにカインは目を見開く。

「しゃべった……」

驚くカインを特に気にする様子もなく、ドラゴンは話を続けた。

『お前はジジィどもの使徒か……、しかも……あの我を封印した小生意気な人間どもの匂いもするか……。死ね……』

ブラックドラゴンから黒炎のブレスが吐き出された。カインは咄嗟に避けるがブレスが通った後は草木が腐り果てており無残な状態となっていた。

「——これはやばい。本気でやらないと……」

カインは何度も放たれる黒炎のブレスを避けながら、魔力を練っていく。

『獄炎地獄《インフェルノ》』

カインが放った魔法が直撃するが、まったく効いておらず、臆することなくドラゴンはブレスを放ち続ける。

『フンッ、全快ではないとはいえ神に対してそんな魔法で効くと思っているのか……』

まったく効いていないとわかったカインは、顔を顰《しか》め更に魔力を練っていく。

「もっと……もっと魔力を練らないと……」

カインの身体は練られていく魔力によって神々しいまでに光り輝いていく。

『その光は……忌々しい記憶を思い出させてくれる！　繰り返させないようにここで始末してやろう』

邪神に支配されているブラックドラゴンは口を大きく開き、地響きのような咆哮と共に、今までとはまったく威力の違う黒炎のブレスを放つ。

それと同時にカインも今までにありえない程にため込んだ魔力を込めて魔法を放つ。

『聖炎神域《セイントサンクチュアリ》』

ブラックドラゴンの黒炎のブレスとカインの神々しい光の炎がぶつかり合った。

――そして光の炎がカインの視界を真っ白に染めた。

カインが放った魔法は、黒炎のブレスを消し去り、そして――ブラックドラゴンまでも飲み込んでいった。

光の炎の柱は天まで届くかのように空へと昇っていく。

しかし神との闘いが、そんな簡単に終わるはずもないと思っているカインは、視界が真っ白に染まる中、更に魔力を練っていき次の魔法を放つ準備をしていく。

（もっとだ。もっと魔力を練らないと。次はユウヤさんの日記に書いてあったあの――）

真っ白に染まった視界が戻っていき、敵を捕捉するために探すと、そこには――何もない大地と直径百メートルほどの深く抉《えぐ》れたクレーターだけが残っていた。

ブラックドラゴンは影も形もない。探査《サーチ》を使い周りを探すが、あの禍々しいオーラを撒き散らしていた気配はすでに伺えなかった。

「――あれ……もしかして……倒しちゃった？」

予想外の展開にカインは両手に練っていた魔力を解放し地面に降り立つ。

そして安堵からか、その場で倒れこみ身体を投げ出したのであった。

「隊列を乱すなっ！　組になってフォローしながら戦え！」

森の入口では騎士団と冒険者が纏まって魔物と対峙している。次から次へ押し寄せる魔物の群れに協力をしながら殲滅していた。

「いつまで続くんだよ……」

「カイン大丈夫かな……」

クロードとミリィはそんな会話をしながらも剣を振り続ける。リナとニーナも魔力ポーションを補給しながら魔法を続けて放つ。

「もっと大規模な魔法で一気にいきたいけど……いつまで続くかわからないこの状態では無理ね」

カインと違い、普通の魔法使いは魔法を放つのに詠唱が必要となる。大規模な上級魔法になれば、その詠唱も長くなるのは必然であった。

「ん。カインが何とかしてくれる……はず？」

魔力ポーションを飲み尽くし、空瓶をカインからもらった魔法ポーチに仕舞いながらニーナが答える。

いつまでも終わりが見えない戦いを続けていると、突如天まで届きそうなほどの白い光が立ち上っていく。

前線は余裕がなかったが、後ろで休憩していた冒険者や騎士が指を差し見上げている。

「あれはいったい何なんだ……」

天まで昇っていく白い光が消えていくのを誰もが口々にしていると、先ほどまで組織だっていた魔物が散漫となっていく。中には逃げていく魔物も出てきた。

「魔物が逃げ出したぞ！　仕留めていけ！」

「「「「おぉぉぉぉ！！！！」」」」

組織だっていない魔物たちは冒険者や騎士団の敵ではなかった。人間がいることで襲ってくる魔物もいたが、大半の魔物は森の奥へと消えていく。

残っていた魔物と一時間ほどの戦闘のあと、魔物の気配は消えていた。

「終わったってことか……」

疲れ果てて座り込む者や、互いにたたえ合う者もいた。

さすがに被害がなしという訳にもいかず、冒険者や騎士団にも死者は出たが、それでもごく僅かであった。特に街に被害が及ばずに済んだことが一番大きい。

少しの休憩を挟んだあと、冒険者と騎士団が協力して魔物の死骸から剥ぎ取りを行う。低級の魔物は魔石を、上級に分類される魔物は素材の剥ぎ取りが行われた。まだ低ランクの冒険者たちも氾濫が終わったことで森へと入り運搬の役目を担った。

冒険者ギルドや、領主からの報奨金は出るが、内部保留金では足りない。氾濫の場合、素材は領主の物とし、一度集めて換金した後に冒険者ギルドへと支払われる。そしてそこから冒険者達へと支払われるのだ。これは数十年前の氾濫が起きてからグラシア領の特例法として定められていることであった。

それでも個人に払われる最低限の報奨金として、高ランクの冒険者は金貨一枚、低ランクの冒険者でも大銀貨が三枚支給される。一日の対価としては大いに満足できるものだった。しかも魔物の素材を売却した後に追加でさらに支払われるのだ。今回の大量の魔物の素材を考えれば報奨金が数倍になることは目に見えていた。氾濫が終わって生き残った者たちは、報奨金に期待しながら剥ぎ取りを行っていた。

剥ぎ取りをしている冒険者達を横目に、クロード達四人は休憩をしている。前線に立った冒険者は免除されており、炊き出しされた料理を囲んで食べていた。

「まさか一日で終わるとはな……。こんなに簡単に氾濫は終わるものなのか……？」

クロードの言葉に、ニーナは首を振った。

「多分、カインが何かした。あの白い光の柱は超級レベルではない。帝級、もしかしたらもっと上の魔法かも。そんな魔法を放てるとしたらカインしかいない……」

「「て、帝級魔法より上だって……？」」

クロードとリナは目を見開き唾を飲みこむ。二人はAランクの冒険者として魔法に関する知識にも精通している。帝級魔法というのは、人が放てるとされる最高峰の魔法であり、現在、この世界で唱えられるものは誰一人としていない。超級を放つことができる者でさえ、各国がこぞって囲い込み宮廷魔術師となっている。

リナやニーナでさえ上級魔法が限度なのだ。しかも何度も放つことはできない。二度も放てば魔力切れで戦力にもならなくなる。今回の氾濫でも初級と中級を織り交ぜて魔法を使い、魔力ポーションを飲みながら戦っていた。

戦いなれた冒険者だからこそわかる、信じられないほどの威力であった先ほどの魔法……。

「――カインは一体何者なんだ……？」

クロードは天まで届きそうなほどの光の柱が上がった方向を見ながらそう呟くしかなかった。

黒いドラゴンとの戦闘で気疲れしたカインは手ごろな岩に腰を掛け、先ほどの事を考えていた。

「さっきのアレはいったい……。教会に行って神様たちに聞くしかないか……」

休憩しているカインの前に、セトが転移してきた。

「アレの気配がなくなりましたな……。やはりあの魔法はカイン様の……。すでに魔物は統率されておらず各自の住処へと戻っていっております。人間と戦っている魔物もまだおりましたがもうすぐ終わることでしょう。部下たちもすでに帰しております」

セトの言葉にカインは頷いた。

「セト、助かったよ。僕がさっきのドラゴンを相手している間、街に被害があったら嫌だったしね。もう少ししたら森の入り口まで戻ろうか。先に行くってミリィさんたちに伝えて、そのまま来ちゃったから」

「カイン様はこの世界の王となられる事が出来るのに……」

セトの小言を聞かなかった振りをして、カインは立ち上がる。ハクとギンを送還し、冒険者たちのところに戻ることにした。

「では私はこれで……。何かあれば呼んでいただければ、またすぐに」

「セトもせっかくだから街へ行こうよ。ってその姿はまずいか……」

凶悪な角が額から四本出て、白髪で目は真っ赤だ。どこから見ても人間の域ではない。

「うん？　人間に化けるのなら問題なくできますぞ。さすがにこのまま行ったらカイン様に迷惑がかかるでしょう」

セトは黒い光に包まれていき、一瞬にして角が消え人間に見えなくもない格好になっていた。

「うーーん、それならなんとかなるかな……。一度森の入り口に転移するから」

カインはセトの手を取り転移魔法を唱えた。

視界は一瞬で変わり、遠目で見ると森から冒険者たちが戻ってくるのがよくわかった。

その中にミリィ達四人もいるのが見えた。カインは手を振りながら四人の元へ寄っていく。

「ミリィさーーん!!」

カインの声に反応したミリィは顔を上げ、周りを見渡しカインを見つけると一気に頬を緩ませた。

「カイン！　無事だったのね！　よかったぁ」

「ミリィさんたちも無事で何よりです」

カインは四人の元へ走るといきなりニーナに抱擁された。

「カイン、よかった……心配した」

「ちょっと！　ニーナ！」

カインを抱擁しようとしたミリィだったが、先にニーナに抱擁されたことにより頬を膨らませる。

ニーナが満足してカインを解放すると、ミリィもカインに抱き着く。

「森にいなかったから心配したんだからね……」

ミリィに抱き締められて心地よい胸の感触にカインは照れから頬を紅くしていると、後ろにいたクロードから声が掛かった。

「おい、カイン。随分羨ましいじゃねぇか。それにしても……森の奥であった魔法は――お前の仕業か？」

その言葉の瞬間に全員に緊張が走った。カインとしても帝級魔法を使えることは国王より伏せろと指示されていたからだ。

「――上級魔法を放ちましたけど、あとは……」

説明できない状態にカインはどうしようかと思いながらセトに視線を送った。

フードを被って顔を見えないようにしているセトは、カインの代わりに話し始める。

「それは……私かもな。超級魔法は使えるから、それが帝級に見えたのかもしれんな」

ただならぬ強者の雰囲気を醸し出すセトに、クロードとニーナは身構えた。

「大丈夫！　セトは今回の氾濫の鎮静化に手を貸してもらっただけだから」

「うむ、カイン様の言う通りだ」

カインに従順していることで、二人は緊張を緩める。

「──そんな高位の魔術師が野にいるなんて……」

「すごい魔術師」

リナとニーナは呟くがカインは聞き流した。深く詮索されるとセトが人族でないことがバレてしまう可能性もあったからだ。しかし褒められてご機嫌となったセトは話を続ける。

「私ほどの魔術を扱う者など、そうはいないぞ。カイン様は別だけどな……なんせ、この魔王である私よりも──」

「セト！　ちょっと待った！」

今『魔王』と言ったセトを制した。

「……カイン……今、「魔王」って聞こえた気がしたけど……」

「ん。聞いた」

「カイン……いったいどういうこと……？」

「カイン、お前……」

四人がカインを囲うように問い詰める。

「いや……、それは……」

四人に囲まれたカインは、セトに「お前やってくれたな」と視線を送った。カインの冷たい視線にセトは気づいていない。高笑いをしながらご機嫌な様子だ。

「カイン、ゆっくりとお話する必要がありそうだね」

ジト目のミリィにカインは背中に汗をかく。

「すみませんっ！　領主邸に行かないといけないのでっ！　セト行くぞ！」

カインはその場を逃げるように四人の間をすり抜けていく。

「また後で！」

カインはそう言いながら後ろから呼ばれる声を振り切って逃げた。

まったく意味がわかっていないセトはカインの後を不思議に思いながらも追いかける。

「カイン様、なぜあの者たちから逃げる必要が？」

どうして逃げたかわかっていないセトが質問するが、その表情にカインは額に青筋を立てる。

「魔王なんて言うからだろっ‼　セトのばかぁぁぁぁぁぁぁ」

カインは叫びながら街へと駆けていった。


街では想像以上に早く氾濫が収束したことで、すでにお祭り騒ぎとなっていた。街への被害は皆無で、冒険者には多少の死傷者は出たが、それでも数十年に一度の氾濫に対する損害としては軽微であることには違いない。

冒険者たちは、魔物の死骸をギルドへと次々と運び込んでから酒場へと向かっていく。そんな中、カインはジンと応接室で向き合っていた。

「カイン、まずは無事でよかった。心配したんだぞ」

ジンは紅茶を一口飲みカインの無事を心から喜んだ。カインもその言葉に満足し紅茶に口をつける。

「それでだ、ギルドから情報が入っているが、お前はどこにいた……？」

直球で投げかけてくるジンにカインは惚《とぼ》けようとしたが、すでに詳しい情報がジンの耳に入っていた。

「森の入り口で魔物と――」

「森の奥だろ？」

カインの説明にジンは言葉を被せる。

「カイン、お前が二人で森の奥へ行ったことは知っている。お前は登録してすぐにAランクまで上がるほどの冒険者だ。王女殿下を助けたことといい、お前の実力は普通では考えられないほどだと思っている」

ジンは真剣な眼差しで見つめ言葉を続ける。

「深くは詮索しない。ただ、今回の氾濫のこと、なぜ氾濫が終わったのかは報告書にまとめて王都へ提出する必要がある。街からも見えた森の奥で発生した天まで届くほどの神々しい光の柱や、謎が多い今回の氾濫は説明がつかないことが多い。カイン、もしかしたら王城へ呼ばれるかもしれないが、それは任せたぞ」

「――はい……」

長々と問い詰められながらも惚けながら説明したカインは、疲れ果てて部屋に戻った。

「やっぱりやり過ぎたかな……でも、街に被害がなかったからいいか……」

そんなことを考えながら夢の中へと落ちていった。


翌朝、メイドに起こされたカインは、ジンと一緒に朝食をとった。

「おはようカイン」

「おはようございます、ジン兄様」

昨日の氾濫の話をしながらも食事を進めていると、ジンは何かに気づいたようにカインに問いかける。

「カイン、そういえば……学園はいいのか？　まだ長期休みではないだろう？」

何気ないジンの言葉に、カインは顔を引きつらせる。

「食事が済んだらすぐに王都に戻ります！」

今回、勢いで王都を出てきたことで、テレスティアやシルクに何も説明をしていない。前回、休んだ時も大騒ぎになったので、今回はコラン達には伝えてはきたが、心配している可能性があった。

「カイン、戻るなら王城へ手紙を届けてくれ。昨日のうちに筆をしたためておいた」

「わかりました……」

食事を済ませたあと、ジンから手紙を受け取ると屋敷を後にした。途中、冒険者ギルドに寄ると、クロード達四人がホールで話し合っていた。

カインは開けた扉をそのままそっと閉め、逃げるようにギルドを後にした。

門を抜けてから転移魔法を使い、王都の近くまで一気に転移を行い、王城に入るための受付に並ぶ。

すると、門が大々的に開きそこから騎馬に乗った騎士団が隊列を組んで出てきた。

城下街に入るための行列は、左右に分かれ真ん中の道を空けるように門兵が指示を出していく。

「これって一体……？」

カインの言葉に、同じく並んでいた行商が答えた。

「坊主知らないのかい？　グラシア領で氾濫が起きたと連絡がきて、その出撃だろうよ。見ろよ、先頭は近衛騎士団の副団長だろ？　それにしても大層な行列だな……」

確かに先頭を進んでいるのは近衛騎士団の副団長ダイムだった。

「――もう氾濫終わったんだけどな……」

「坊主なんだって？」

「いえ、なんでもないです」

先頭の馬に乗り進んできたダイムの視界にカインが入ると、手を上げ行進を一度止めた。そして、ダイムは馬から下りるとカインに寄ってくる。

「カイン男爵！　なぜこんなところに⁉　グラシアの話を聞いていないのか⁉」

先ほどまで一緒に並んでいた行商も、カインが『男爵』と呼ばれていることに驚きを露わにする。

そして鬼気迫る勢いで寄ってくるダイムに、カインは申し訳なさそうに一言だけ小声で告げた。

「――もう氾濫終わりました……」

——王城の応接室。

部屋には、中央に座っている国王を中心にエリック公爵、マグナ宰相、ガルム辺境伯が座っている。

そして対面にはカインが座り、その後ろにはダイムが控えている。

全員が今までにないほど鬼気迫る表情をしている。特にガルムは自分の領地であることから情報の真意を確かめたくて仕方ない様子だった。

あの後、確認をするために騎士団はそのままグラシア領へと向かった。さすがに住民から声援を受け、氾濫の収束のために向かうのに、「もう終わったから」という言葉で、そのまま戻る訳にもいかなかった。ダイムは代理の討伐隊の隊長を立て、冒険者の服装をしたカインを連れ、王城へと登城した。


「——氾濫はどうなったのだ……」

国王の言葉にカインはジンから頼まれた手紙をテーブルにそっと置く。

「グラシア領で代官をしている兄のジンからの報告になります」

マグナ宰相が封を切り中身を読み始める。

そこには今回の氾濫の始まりから結末までが記されている。

始まりは、天空から舞い落ちる燃えた岩による大規模な地震が起きたあとから、魔物の凶暴化が観測され――そして、魔物が一斉に消えたこと。再度起きた地震と共に数万ともいえる魔物がグラシアへと向けて侵攻を始めたこと。冒険者と現地に在留している騎士団と共にあたり、魔物の迎撃を行ったこと。そして――天まで昇るほどの光の柱のあと、嘘のように魔物が引き上げていったことが記載されていた。

マグナ宰相は全て読むと、そのまま国王へと渡す。そして国王が全て読み終えるまで沈黙の時間が流れた。

「――それで、お主の事がここには書かれておらん。何をしていた？　その前に何故、すでに王都にいるのじゃ？」

カインは時間的に不可能な移動をしており、そこについては説明することにした。

「実は――転移魔法でささっとグラシアへ……」

「「「転移魔法だとっ⁉」」」

「はい……」

カインは申し訳なさそうな表情をしながらも答えた。

「カイン、お主、伝説ともいえる転移魔法まで使えるのか……いつから使えたのだ？」

「えっ、五歳位から？」

素直に答えるカインの言葉に全員が絶句する。ガルムについては額に手を当て、天を見上げている。

「お主は……自重を知らない奴だと思っていたが、そこまで自重を知らんとは……ガルム！　どういう育て方をしているのだっ⁉」

「陛下……私も今知ったのですが……」

申し訳ない表情をしながらもガルムは弁明する。

「それで……この経緯に書いてある光の柱もどうせお主がやったのじゃろ？　何をしていたか最初から説明しろ。偽りなしにだぞ……」

カインは無言で頷き、今までの行動を説明していく。ただし、邪神に関しては話すのはやめることにした。あくまでブラックドラゴンが起こした氾濫だと説明する。

「──それで、お主が呼んだ助っ人とは……？」

「それは────魔王《セト》です……」

その言葉に一同絶句である。一つの国の氾濫に、魔族の王と呼ばれる魔王まで呼び出してあたらせたのだ。

カインの話が終わった時には全員が燃え尽きた表情をしている。

「マグナ……儂はもう疲れた……。もうカインに王位を譲ってもいいのではないか？　テレスティアを娶らせることだし、子爵ではなくて国王でもいいぞ、もう……」

力なく答える国王に全員が止めに入った。

「そうか……ただ、今日はもう話をしたくない。また後日でいいか……。カインの子爵陞爵もあるし、その時に話をしよう……」

この数時間で一気に老け込んだように疲れ果てた国王はフラフラとしながら部屋を出て行ってし

まった。それを追うようにマグナ宰相も退出する。

国王がいなくなった途端にいきなりエリック公爵が大笑いを始めた。

「カインくん、本当に面白いね！　この前の魔王召喚でも驚いたけど、今日はそれ以上の驚きだよっ！」

エリック公爵は笑っているが、隣に座っているガルムは疲れ果てた表情をしている。ここ数年でカインがやらかしたことを思い出しながら大きなため息をついた。

「ガルム伯、楽しい息子がいて羨ましいね！　あと、思ったんだけど、魔物が凶暴化した原因だけどさ……これってカインくんが前に魔物の森で放った魔法じゃないかな？」

エリック公爵の言葉に全員が絶句した。

勿論、思い当たる節があるカインが一番顔を引きつらせた。これ以上国王に負担をかける訳にもいかないと、この原因についてはこの場にいる者だけの秘密になったのは言うまでもなかった。

9　子爵就任

迎えた謁見の日。

氾濫の調査を行っていた関係で、当初の予定より少し遅れての謁見となった。

カインは正装をし、謁見の間の入口付近に立っている。

貴族の当主は公爵から始まり、爵位の低い順に入口に向かって並んでいる。

もちろん新人男爵のカインは、入口のすぐ近くに並ぶ必要がある。

ガルムはグラシア領に状況確認のために戻ってしまい、今回は不参加となっていた。


「それでは陛下がいらっしゃいます」

マグナ宰相の一言で、中央のカーペットを挟んで並んでいる貴族たちが、一斉に頭を下げた。

国王のレックスがゆっくりと部屋に入場し、中央の玉座に座った。

「皆、頭を上げてくれ」

その一言で、並んでいた貴族全員が頭を上げた。

「それでは、謁見を始める。カイン・フォン・シルフォード男爵、前に」

「はい」

カインは列から一歩前に出て、王の前まで進み片膝をついて頭を下げる。

「カイン・フォン・シルフォードよ、そなたを陞爵し子爵とする。そして、現在、直轄地となっているドリントルの街を治めよ。準備金として白金貨五十枚を授ける。これは子爵を証明する短剣だ。これからはカイン・フォン・シルフォード・ドリントルと名乗るが良い」

「はい、承りました。カイン・フォン・シルフォード・ドリントル、エスフォート王国繁栄のために誠心誠意治めさせていただきます」

今回は男爵就任時のクレームもなく、無事に終わった。

「よりによってドリントルか……。あそこを治めることができるのか」

「子供があいつの相手をできるのか……」

参列している周りの貴族からはそんな声が聞こえる。いつもなら絶対に文句を言いそうなコルジーノ侯爵は、カインを見て黒い笑みを浮かべていた。

「なにがあるんだろ……」

そう思いつつも無事に謁見が終わった。


詳細の説明があるということで、カインはメイドに案内され応接室に通された。

メイドから紅茶を出してもらい、ゆっくりと休んでいると、マグナ宰相が入ってきた。いつもは国王と一緒のはずなのに今回は一人だった。

「カイン殿、待たせてすまんな。陛下は説明するのが嫌で逃げた。だから私だけが来たのだ」

「……逃げたって」

「ドリントルの街のことを、説明したくなかったらしい。あそこは特殊な街だからな」

その言葉にカインは不安を覚えた。

マグナ宰相は一枚の地図を出し、その一箇所を指で示し説明を始めた。

「ここは王都から東に二日の距離にある。街の横にはグラシア領ほどではないが、魔物が多い森があるのだ。そして国内に数少ないダンジョンもある。だからこそ冒険者がかなり多い。いや、冒険者が多すぎるのだ。だから、そこの領主よりもギルドマスターのほうが権力があってな、誰も領主をやりたがらん。衛兵よりも冒険者の方が強いのだ。全住民で三千人いるが、住民に対して冒険者だけでも千人以上あの街にいると言われている。街衛兵は百人しかいないのだ。冒険者と衛兵では人数の差がありすぎて、冒険者たちが幅を利かせているのだ。なんとか今の代官が抑えているようだが……」

「そういうことだったのですか……。だから周りの貴族たちからも、文句が出なかったのですね。僕の——好きなように治めてもよろしいですか」

問題がある街を押し付け申し訳なさそうな表情をしたマグナ宰相に、カインはにっこりと微笑みながら告げた。

「……うむ。それで良い。これが就任証明書だ。あと、準備金として白金貨五十枚を用意してあるから好きに使うといい」

マグナ宰相から、就任証明書と白金貨入りの小袋をもらい、アイテムボックスの中にいれた。

「ただ、治めるのにも僕はまだ学生なので、そこまで領地に行くことができません」

「それについては、学園の監督官であるエリック公爵から学園長に連絡しておく。これからは自由登校でかまわぬぞ。試験だけ受ければ問題ないようにしておく」

「わかりました。頑張ってみます」

「結果、楽しみにしてるぞ」

宰相が出て行って、残された部屋でカインはため息をついた。

「領地くれるって言われてもこれか……。道理でコルジーノ侯爵がニタニタしていたわけだ。それにしても自分の領地だから好きにしていいってことだよな――」

一人しかいない応接室で、久しぶりにカインは黒い笑みを浮かべた。


謁見と説明も終わり屋敷に戻ると、従者一同がホールに並んで待っていた。

「カイン様、子爵就任おめでとうございます」

「「「おめでとうございます」」」

扉の中のホールでコランとシルビアを筆頭に、メイドたちから祝いの言葉を投げかけられる。

「どうもありがとう。この屋敷と拝領された領地を行き来するようになるから、これからもよろしく頼むね」

メイド達は「ハイッ！」と元気よく返事をしてくれた。メイドとしても子爵の屋敷に勤められることは名誉なことだとシルビアから後で教えられた。特に当主としてのカインは経済的にも余裕があり、他の貴族の従者よりも割高な賃金を支給していたから尚更であった。

「コランちょっといいかな。執務室で話したいことがあるんだ」

「はい、かしこまりました」

カインは、メイド達に礼を言い、コランと共に執務室に向かった。


「――まさか、ドリントルとは。大丈夫なのですか」

やはりコランもドリントルの街の話を知っていた。

「陛下や宰相から好きにして良いって言われてるしね、色々とやらせてもらうよ。冒険者の街っていうくらいだから、冒険者として一度見てくるのもいいし、今度の週末行ってくるね」

「お気を付けください。と言ってもカイン様はAランクでございましたね。あまり派手にやり、また陛下のお手を煩わせないようにお願いいたします」

「うん。陛下からもこの前『自重できないのかっ！』って言われたばかりだからね」

「陛下からもですか……。いったい何をしたら……」

苦笑するコランに対しても、さすがにステータスについては言えないので黙っておいた。


次の日、学園に登校し、教室に入ると笑顔の二人が待ち受けていた。

「カイン様、陞爵おめでとうございます」

「カインくん子爵おめでとう！」

テレスティアとシルクからお祝いの言葉をもらった。

「カイン子爵、陞爵おめでとうございます。まさかあのドリントルの領主とは、まぁ大変だとは思いますが頑張ってください。今まで治めた貴族当主は皆逃げ出しているくらいですから……」

裏がありそうな笑顔で祝いの言葉を向けてくるのは、コルジーノ侯爵の息子のハビットだった。ドリントルの現在の様子を親《コルジーノ》から聞いてるらしく、領地経営を失敗するのが目に見えてると、聞いているようだった。

わざわざBクラスから子分を引き連れて、Sクラスまで挨拶にきた。

「ハビットくん、どうもありがとう。領地経営は初めてだし、代官がいてくれるから頑張ってみるよ」


その後、何事もなく学園の授業が終えたカインは制服のまま、南門を出て冒険者ギルドに向かう。

扉を開けて中に入ると、制服姿で来たことで一瞬中にいた冒険者からの視線は感じたが、すぐに目を逸らされた。

以前に、冒険者ギルド内で殺気を放ったことがあり、その時の事を知っている人たちだった。

依頼掲示板を素通りし、顔見知りの受付嬢がいたのでそこに並んだ。

「レティアさんこんにちは」

冒険者登録の時に対応してくれた受付嬢だった。

「あ、カイン様、こんにちは。今日は依頼ですか」

「実は、エディンさんに相談があってきたのですが、大丈夫でしょうか」

「ギルドマスターでしたら、執務室にいると思いますので聞いてきます。それまでそちらでお待ちください」

レティアは席を立ち、隣の受付嬢に一言伝言し、奥へと入っていった。

ロビーに置かれているベンチに座って数分待っていると、レティアが戻ってきた。

「カイン様、ギルドマスターがお会いになるそうです。ご案内いたしますのでこちらへどうぞ」

レティアの案内で執務室まで案内された。

「レティアです。カイン様をご案内しました」

扉をノックした後にそう告げた。

「どうぞー」

扉の反対から声が聞こえたので扉を開け中に入っていく。

「そこに座って待っててね。あとちょっとでキリがいいとこまで終わるから。レティアは紅茶を頼むよ」

「わかりました。ではカイン様こちらでお待ちください」

レティアはカインを案内したあとに、紅茶を用意するため部屋を出て行った。

すぐに紅茶を出してくれたので、のんびりと待っていると、エディンの仕事が終わったようだった。

「ごめんね、カインくん、おまたせしちゃって」

「いえいえ、こちらこそ約束もないのにすいません」

エディンはカインの対面のソファーに座りレティアの淹れてくれた紅茶に口をつける。

「それで今日はどうしたんだい？　あ、そういえば子爵陞爵おめでとう。ティファーナから聞いたよ」

「ありがとうございます。そのことで相談があったんです。実はドリントルの領主をすることになったんです。冒険者の街として有名ということで……」

ドリントルの名前を聞いたことでエディンは顔をしかめた。

「あそこの街か……。またひどいとこ受けさせられたもんだね。あそこのギルドマスターはリキセツといってね、もともとはSランクの冒険者だったんだ。怪我の後遺症の関係で冒険者を引退しギルマスになったんだけど、元々権力に対して好意を持ってないからね、いつも領主と揉めて衛兵ごと追い出しちゃうんだよね。それで今は王の直轄地となっているはずだよ。まさかそんなとこを治めることになるなんて……陛下も何を考えているんだか……」

やはりエディンは冒険者ギルドエスフォート王国本部長なだけあり、情報には詳しかった。

「今度の週末に一度、ドリントルに行ってみようと思ってるんです。まずは領主としてではなく冒険者として」

「うん、それもありだと思うよ。一度様子を見てくるといい。僕からもリキセツ宛の手紙を書いておくよ」

「そうしてくれると助かります。できれば穏便に済ませたかったので」

「さすがにそれは無理かな〜。あいつは自分より強い相手でないと、言うこと聞かないからな。あ、カインくんなら平気か。何かあればぶっ飛ばしちゃえばいいから」

「そんなに簡単でいいんですか」

「あそこの街は力が全てって感じだからね。リキセツぶっ飛ばしておけば、他が言うこと聞いてくれるでしょ」

エディンの適当な返事で、カインはため息をつく。

「わかりました。頑張ってみます」

「明日には手紙を用意しておくから、ドリントル行く前に顔だしてね！」

「はい、お願いします」

カインはエディンにお礼を言い執務室から退出する。ギルドの用事も済んで帰り際に受付でレティアを見つけ、先ほどのお礼に手を振ると、向こうも気づいて手を振り返してくれたので、気分よくギルドを出た。

「なんとなくイメージは出来たけど、いったいどんな街なんだろう」

カインは空を見上げながらそうつぶやいた。

閑話　カインの召喚獣

王城の中庭ではテレスティア、シルクと共にカインがテーブルを囲んでいる。

「カイン様、召喚獣を使役していると父上に聞いたのですが……」

テレスティアはカップを優雅に持ち紅茶を飲みながらカインに聞いた。

「うん、修行しているときに助けたのと、師匠から託されたのがいるよ」

神獣《フェンリル》のハクと神竜《エンシェントドラゴン》のギンは普段はユウヤの創造したファビニールで生活をしているが、カインの召喚によって呼び出すことができる。

ハクも短期間にすくすくと育ち、すでに大型犬など比べ物にならない大きさまで成長していた。ギンは寿命が長い関係で、ドラゴンといえどまだ子供サイズであった。

「カイン様、呼んでもらうこともできますか？　色々な召喚獣を見たことはありますが、カイン様の召喚獣は見たことがないので……」

「カインくん、私も見てみたい」

テレスティアの言葉にシルクも同調する。

カインも種族の希少性はともかく、特に隠すことでもないので、気軽に頷いた。

右手に魔力を込め、テーブルの横に手を向け魔法を唱える。

『召喚《サモン》〝ハク〟〝ギン〟』

カインの魔法に、二メートルほどの魔法陣が二つ浮かび上がる。テレスティアやシルク、後ろに待機しているメイドたちも、少し驚きながらも期待に満ちた目を向けた。

魔法陣が時計回りに回転して光り始めると、そこからハクとギンが出てきた。

「ウォン！」「キュイ」

ハクとギンはカインに呼ばれたことが嬉しいようで、立ち上がり両手を広げたカインに勢いよく抱き着いてきた。

まだ子供とはいえ、神獣《フェンリル》と神竜《エンシェントドラゴン》である。力はそこらの魔物と比べ物にならない、カインは人外ともいえるステータスがあることで、何事もないように受け止めるが、普通の人ならば吹き飛ばされているであろう。それでも二体の勢いは強く、カインは抱きしめたまま芝生へと倒れこんだ。

ハクとギンはカインに絡みつき顔を舐めながら、じゃれついていく。

「こらこら、ちょっと待ってよ、ハク、ギン。ちょ、ちょっと擽《くすぐ》ったいって！」

ハクとギンとじゃれているカインを見たテレスティアとシルクは、目を大きく広げ口をわなわなと震わせている。

「――カ、カイン様……か、かわいい～！　私も触っても……」

「カインくん！　私も！」

カインはハクとギンを横にどかしてから、身体を起こし芝生に座る。

「ちょっと待ってね。ハク、ギン、二人はテレスとシルクって言ってね、僕の婚約者なんだ。二人ともハクとギンに触りたいっていうんだけどいいかな？」

カインの言葉にハクとギンは一度カインを離れ、テレスティアとシルクに視線を送る。

その仕草もまた可愛らしいものだった。

十秒ほどであろうか、二人を見つめたハクとギンはカインの方を向き、軽く「ウォン」「キュイ」と鳴いた。

その言葉にカインは笑顔を向け、ハクとギンの頭を撫でる。

「テレス、シルク、いいって。でもあまり嫌なことはしないでね」

カインの言葉に、二人は席から立ちあがり、ハクとギンに一直線に飛び込んだ。

テレスティアはハクに、シルクはギンに抱きつく。

ハクはテレスティアにされるがまま腹を見せ寝ころんだ。テレスティアは優しく撫で、そして顔をハクの柔らかい真っ白な毛並みに埋める。

「カイン様！　素敵です！　可愛いです！　こんな召喚獣見たことない！」

テレスティアは満面の笑みを浮かべながら、ハクの綺麗な毛並みを堪能している。

そしてシルクも同じようにギンに抱き着いていた。

まだ子供とはいえ、気品があり、一つ一つの鱗が美しく銀色に光り、太陽の明かりに反射し虹色にも見える。

毛で覆われていないギンの頭から首、そして背中へ優しく撫でまわす。ギンも気持ちいいようで、目を細め「キュイ」と鳴きながら、シルクの頬を軽く舐めた。

「カインくん！　このドラゴン可愛い！　ギンっていうのね。ドラゴンってカインくんの家に飾っている怖いのをイメージしていたけど、この子は本当に可愛い！」

テレスと同じように満面の笑みを浮かべながら、ギンに夢中になっている。

二人がじゃれている後ろでは、メイドたちが驚きの表情をしていた。

「カイン様はドラゴンまで使役しているの……」

「確かに可愛いけど、ドラゴンよね。もう一体も可愛いけど……どう見ても狼よね……」

「でも最高に可愛い……」

メイドたちもテレスティアとシルクがじゃれている様子を見ながら笑みを浮かべていた。

二人がいつまで経ってもハクとギンを離す様子もないので、カインは声を掛けた。

「二人とも、そろそろ離してあげないと、ハクとギンが困っちゃうよ」

三十分近く撫でまわしていた二人は、名残り惜しそうにハクとギンを離す。

「あまりの可愛さに我を忘れていましたわ……」

「うん……私も」

二人から解放されたハクとギンも、起き上がりカインの横に移動し座った。

カインはギンとハクの頭を軽く撫でてから立ち上がる。

「ハク、ギン、ありがとう」

カインの言葉に「クゥン」「キュイ」と鳴いて返す。

「また呼ぶからね。『送還〝ハク〟〝ギン〟』」

カインの唱えた魔法で、ハクとギンの足元に魔法陣が現れ、あっという間に消えていった。

「あぁ……もうちょっと抱きしめたかった……」

「うん……私も……」

未だに名残惜しい顔をしたテレスティアとシルクはハクとギンが消え去った場所を見つめている。

「またそのうち呼んであげるから」

カインの言葉に、二人は勢いよくカインに詰め寄る。

「本当ですねっ⁉　約束ですよ⁉」

「絶対にまた呼んでね‼」

「う、うん……わかっているよ」

二人からの熱気がこもった言葉にカインも後ずさりしながら答えた。

「そういえば、カイン様。ハクとギンの種族って……初めて見ましたけど」

「確かに、ハクの毛並みも普通とは違っているし、ギンも綺麗な銀色のドラゴンなんて本でも見たことなかったな……」

二人の言葉に気にすることなくカインも答える。

「うーん、たしかハクが神獣《フェンリル》で、ギンが神竜《エンシェントドラゴン》だね」

しかし、その言葉にテレスティアは固まった。

「カ、カイン様……、今なんておっしゃいました……」

カインの言葉に先ほどまでの笑顔が消え、引きつった表情をしたテレスティアが、再度カインに問いかける。

シルクは初めて聞く種族に首を傾げるが、テレスティアは真剣な表情だ。

「だから、ハクが神獣《フェンリル》で、ギンが神竜《エンシェントドラゴン》だよ？」

テレスティアは王女ということで、王家に秘蔵されている秘蔵書も読んでいた。

秘蔵書とは王家から門外不出とし、王家だけに伝わる歴史書でもある。その中で出ている言葉を今、聞いたのだ。神獣《フェンリル》とは、魔物の中で最上位に位置し、高い知性を持ち、すべての魔物の神とも崇められる存在である。その強さは国一つ滅ぼすのを容易にこなすと書かれていた。現世で見た者はおらず想像の魔物とされている。

そして神竜《エンシェントドラゴン》である。すべての竜の始祖とも言われ、すべての竜が頭《こうべ》を下げる存在である。初代国王の書かれた本の中で少しだけ記載があったが、ブレス一つで城や山が消し飛び、通った先には何も残らないとされている、この世界で最強の生物である。

ハクとギンの種族を知ったテレスティアは、大きいため息を一つ吐く。

「カイン様……ハクとギンの種族に関しては、他に言ってはなりません……」

その真剣な表情に、カインは国王から同じことを言われたことを思い出す。

「そういえば、陛下たちからも同じこと言われたな……。でもテレスとシルクだから構わないよね」

力なく項垂れるテレスティアに、シルクが肩を軽くたたく。

「カインくんだから仕方ないよ……」

「シルク……、そう考えるしかないわね……」

「うん、だってカインくんだもん」

「もうカイン様に常識を当てはめるのはやめましたわ」

諦め顔のテレスティアは、椅子に座り新しく淹れてもらった紅茶を一口飲み、大きなため息をつくのであった。

《了》

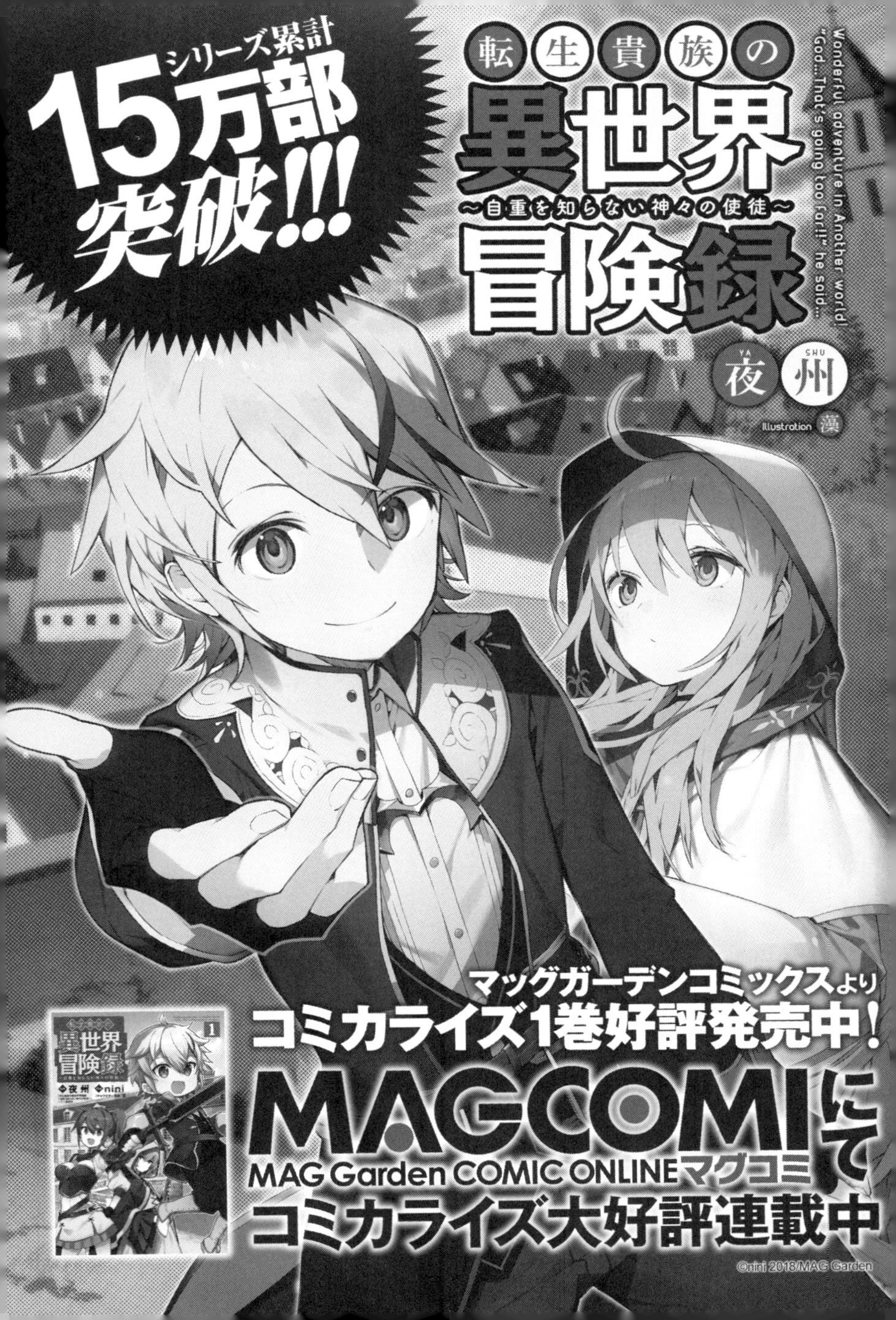
シリーズ累計
15万部突破!!!
転生貴族の異世界冒険録
～自重を知らない神々の使徒～
Wonderful adventure in Another world!
"God...That's going too far!!" he said...
夜《YA》州《SHU》
Illustration 藻
マッグガーデンコミックスより
コミカライズ1巻好評発売中！
異世界冒険録
1
夜州
nini
MAGCOMIにて
MAG Garden COMIC ONLINE マグコミ
コミカライズ大好評連載中
©nini 2018/MAG Garden

今回の挿絵も見応えがありますよ！　挿絵の確認の際には、主人公であるカインも少年から少し大人になった挿絵を見て「格好いい!!」と飛び上がって喜んでしまった程です。カインの自重のなさは成長しても一巻と変わらずなので楽しんでいただけたら幸いです。

そして大事な発表です！　帯にも書かれておりますが、この度、コミカライズが決定いたしました！　マッグガーデン様から声をかけて頂き、WEBコミックが始動することになります。実際に描いていただく漫画家であるｎ：ｉｎ：ｉ先生ともお会いしましたが、「こんな実績のある漫画家さんに描いてもらえるなんて恐れ多い」と最初思ってしまいました。是非、楽しみに公式発表をお待ちください！　私が一番楽しみにしていますけどね！

また、当作品のWEB投稿にあたり「小説家になろう」様と「アルファポリス」様の二箇所に投稿しておりましたが、アルファポリス様の規約変更に伴い、現在は「小説家になろう」様のみ投稿しております。ご迷惑をおかけした多くの読者の皆様にも深くお詫びをいたします。引き続き「小説家になろう」様で楽しんでいただけたら幸いです。

そして当作品の発売元でありますサーガフォレストでは、毎月厳選された新刊が発売されております。他作も是非手にとっていただけるとありがたいです。

最後に、この作品を手にとっていただいた皆様に改めて感謝をしたいと思います。本当にありがとうございました！　また次巻で会えることを楽しみにしております。

夜州

あとがき

こんにちは！　二巻をお買い求めいただきありがとうございます。夜州です。

第五回ネット小説大賞で受賞させていただき、六月に一巻を発売した時はドキドキの一週間を過ごしましたが、多くの人に手にとっていただきとても感謝しております。また、発売一ヶ月で四刷と、想像以上の売れ行きで、お店に本が置いていないという話もあり、大変ご迷惑をおかけしたことをここに謝罪いたします。購入していただいた皆さまのお陰で、色々なお店などでランキングにも掲載され、こうして二巻を発売させていただくことになりました。

一巻が発売した時には、色々な書店様にご挨拶させて頂くという今までにない貴重な経験もさせてもらいました。住まいが神奈川になりますので、関東近辺だけとなりましたが、書店様のＴｗｉｔｔｅｒを通して全国で宣伝されていることに、全国の書店員さんにも感謝でいっぱいです。

さて、今回の二巻についてですが、一巻に引き続き大幅な加筆がされております。一番最初に編集担当者と打ち合わせした際に、「ここまでだと文字数が全然足りませんね」からのスタートです。実際に二巻の四割は加筆および新エピソードとなりました。担当者と相談しながらエピソードを作り、一巻の作業とはまた違った苦労がありました。ＷＥＢ版を見直しては「文才ないなぁ」と自己嫌悪にも陥りましたが、こうして二巻が完成してホッとしております。協力していただいた編集担当者と、一巻に引き続き挿絵を描いていただいた藻さんにも感謝しております。ありがとうございました。